John Grisham werd op 8 februari 1955 geboren in Jonesboro, Arkansas, als tweede kind in een gezin van vijf kinderen. Zijn vader werkte in de bouw en zijn moeder was huisvrouw. Na zijn studie rechten aan de University of Mississippi, werkte Grisham bijna tien jaar lang als jurist, waarbij hij zich specialiseerde in strafrechtelijke zaken en letselschadeclaims. In 1983 werd hij gekozen tot lid van het Huis van Afgevaardigden van de staat Mississippi, een functie die hij tot 1990 bekleedde. Als thrillerschrijver debuteerde hij in 1988 met *De jury*, maar het was zijn tweede boek *Advocaat van de duivel* waarmee hij definitief zijn naam vestigde als de koning van de legal thriller.

De pers over John Grisham

'Grisham groeit uit boven zijn eigen genre. Een bijzondere roman.' – HAAGSCHE COURANT

'Karakters, dialogen, vaart, sfeerbeschrijving, ontknoping: alles klopt dit keer (weer) bij Grisham.' – GOOI EN EEMLANDER

'Goed opgebouwd, origineel en sterk geschreven.' – HP/DE TIJD

'Onderhoudend en onvoorspelbaar tot op de laatste pagina.' – THE NEW YORK TIMES BOOK REVIEW

'Hij grossiert in ijzersterke plots, heeft een uitstekende stijl en gevoel voor humor.' – TROUW

'De naam Grisham lijkt gewoon garant te staan voor een bestseller.' – FOK.NL

'Enorm meeslepend.' – REFORMATORISCH DAGBLAD

'Aangrijpend en krachtig.' – USA TODAY

'Een meesterwerkje dat de sfeer van Kafka en Highsmith in herinnering roept.' – DE MORGEN

'Je wordt als het ware het boek ingezogen. Voor je het weet, heb je het uit.' – CHICAGO TRIBUNE

'Dit boek moet je lezen. Vol verrassende wendingen.' – PEOPLE

'Een thriller waarbij je je adem inhoudt. Feit en fictie lopen feilloos in elkaar over in dit verhaal.' – FRANKFURTER RUNDSCHAU

'Iemand die zoveel mensen naar een boek doet grijpen in plaats van de tv-gids, is zijn gewicht in goud waard.' – HET PAROOL

'Voor- en tegenstanders slijpen de messen: *fasten your seatbelt* voor vintage Grisham juridisch spektakel.' – NU.NL

'Grisham heeft die ingrediënten kundig tot een spannend rechtbankdrama gekneed.' – HUMO

'Thrillerauteur grossiert in bestsellers.' – NOORD-HOLLANDS DAGBLAD

'John Grisham is een uitzonderlijk schrijver.' – BOEK

'Angstaanjagend beschreven door Grisham.' – DE VOLKSKRANT

'Grisham blijft de lezer verrassen met gewaagde legal thrillers.' – PUBLISHERS WEEKLY

'Schitterend verhaal, mooi opgezet en uitgewerkt. Een pageturner in de beste zin van het woord.' – ELVIN POST

'Grisham heeft zichzelf overtroffen.' – DALLAS TIMES HERALD

'John Grishams kennis van het advocatenmilieu met zijn ongenadige werkethiek blijft indrukwekkend.' – GAZET VAN ANTWERPEN

John Grisham

Advocaat van de duivel
Achter gesloten deuren
De cliënt
De jury
Het vonnis
De rainmaker
In het geding
De partner
De straatvechter
Het testament
De broederschap
De erfpachters
Winterzon
Het dossier
De claim
Verloren seizoen
Het laatste jurylid
De deal
De gevangene
De verbanning
De aanklacht
De getuige
De wettelozen
De belofte
De bekentenis
Het proces

John Grisham

Vergiffenis

A.W. Bruna Fictie

Oorspronkelijke titel
Calico Joe

Vertaling
Hugo Kuipers
Omslagbeeld
© Ilona Wellmann / Trevillion Images
Omslagontwerp
Studio Jan de Boer

NUR 302

In dit boek (vanaf pagina 175) is een uitleg over honkbal opgenomen: *Zo'n eenvoudige sport* geschreven door John Grisham.

FSC www.fsc.org MIX Papier van verantwoorde herkomst FSC® C013683

Dit boek is gedrukt op papier dat het keurmerk van de Forest Stewardship Council (FSC) mag dragen. Bij dit papier is het zeker dat de productie niet tot bosvernietiging heeft geleid. Een flink deel van de grondstof is afkomstig uit bossen en plantages die worden beheerd volgens de regels van FSC. Van het andere deel van de grondstof is vastgesteld dat hiervoor geen houtkap in de laatste resten waardevol bos heeft plaatsgevonden. Daarom mag dit papier het FSC Mixed Sources label dragen. Voor dit boek is het FSC-gecertificeerde Munken-print gebruikt. Dit papier is 100% chloor- en zwavelvrij gebleekt en wordt geleverd door Arctic Paper Munkedals AB, Zweden.

1

Vorige week werd de tumor in de alvleesklier van mijn vader verwijderd. De operatie duurde vijf uur en was moeilijker dan zijn artsen hadden verwacht. Na afloop kwamen ze met het grimmige nieuws dat de meeste mensen die er zo aan toe waren als hij een levensverwachting van niet meer dan negentig dagen hadden. Aangezien ik niets van de operatie of van de tumor wist, was ik er niet bij toen hij zijn doodvonnis te horen kreeg. Communicatie heeft geen hoge prioriteit bij mijn vader. Tien jaar geleden was hij van de ene vrouw gescheiden en had al een andere gevonden voordat er iets van tot mij was doorgedrongen.

Zijn huidige echtgenote – ze is nummer vijf of zes – belde me uiteindelijk. Zonder zich opnieuw aan me voor te stellen gaf ze de elementaire feiten van de tumor en de gevolgen daarvan aan me door. Agnes zei dat mijn vader zich niet goed voelde en niet wilde praten. Ik antwoordde dat hij nooit had willen praten, of hij zich nu goed voelde of niet. Ze vroeg me het nieuws aan de rest van de familie te vertellen. Ik vroeg bijna: 'Waarom?' maar wilde geen ruzie maken met die arme vrouw.

De rest van de familie bestaat uit mijn jongere zus Jill en mijn moeder. Jill woont in Seattle en heeft voor zover ik weet in minstens tien jaar niet met onze vader gesproken. Ze heeft twee kleine kinderen die hem nooit hebben ontmoet en nooit zullen ontmoeten. Mijn moeder had, na twaalf jaar huwelijk te hebben doorstaan, het geluk dat ze weg kon komen. Ze nam Jill en mij mee en ik heb het gevoel dat het nieuws van zijn naderende dood geen enkele indruk op haar zal maken.

Onnodig te zeggen dat we met Kerstmis nooit bij elkaar kwamen om bij het haardvuur cadeaus uit te wisselen.

Na het telefoontje van Agnes ga ik achter mijn bureau zitten en denk na over een leven zonder Warren, mijn vader. Ik begon hem Warren te noemen toen ik nog studeerde, want hij was meer een persoon, een vreemde, dan een vader. Hij maakte geen bezwaar. Het heeft hem nooit iets kunnen schelen hoe ik hem noemde, en ik ging er altijd van uit dat hij het liefst zou zien dat ik hem helemaal niets noemde. Ik doe tenminste nog weleens een poging; hij nooit.

Na een paar minuten geef ik de waarheid toe – het leven zonder Warren zal hetzelfde zijn als het leven met hem.

Ik bel Jill en vertel haar het nieuws. Ze vraagt allereerst of ik van plan ben naar de begrafenis te gaan, iets wat nogal prematuur is. Ze wil weten of ze moet proberen hem te bezoeken, hem gedag en vaarwel te zeggen en de komedie op te voeren alsof ze met hem begaan is, terwijl dat in werkelijkheid helemaal niet het geval is. Dat geldt ook voor mij, en we geven het allebei toe. We hebben geen warme gevoelens voor Warren, want hij heeft nooit iets om ons gegeven. Hij heeft het gezin in de steek gelaten toen wij nog kinderen waren en zich de afgelopen dertig jaar gedragen alsof we niet bestonden. Jill en ik hebben nu allebei zelf kinderen, en we vinden het ondenkbaar dat een vader helemaal niets voor zijn eigen kinderen voelt.

'Ik ga niet,' zei ze ten slotte. 'Nu niet, en later ook niet. En jij?'

'Ik weet het niet,' antwoordde ik. 'Ik moet erover nadenken.'

In werkelijkheid weet ik dat ik naar hem toe zal gaan. Hij heeft de meeste schepen in zijn leven achter zich verbrand, maar er is één nogal belangrijk los eindje dat hij moet wegwerken voordat hij doodgaat.

Mijn moeder woont met haar tweede man in Tulsa. Op de middelbare school was Warren de sportheld en zij het mooiste en populairste meisje. Het hele stadje was verrukt van hun huwelijk, maar na een paar jaar met Warren waren alle verrukkingen voorbij. Ik weet dat ze in geen tientallen jaren met elkaar hebben gesproken, en waarom zouden ze ook?

'Mam, ik heb slecht nieuws,' zeg ik in de telefoon. Ik probeer somber genoeg te klinken.

'Wat dan?' vraagt ze vlug. Waarschijnlijk is ze bang dat het om een van haar kleinkinderen gaat.

'Warren is ziek. Kanker aan de alvleesklier. Hij heeft minder dan drie maanden te leven.'

Stilte, opluchting, en dan: 'Ik ging ervan uit dat hij al dood was.'

Ik bedoel maar. Op zijn herdenkingsdienst zal de zaal niet vol zitten met rouwende familieleden.

'Ik vind het erg,' zegt ze, maar dat vindt ze niet. 'Ik neem aan dat jij iets moet doen.'

'Ja, dat denk ik ook.'

'Ik wil er niet mee lastig worden gevallen, Paul. Bel me maar als het voorbij is. Of niet. Het kan me niet schelen wat er met Warren gebeurt.'

'Ik begrijp het, mam.'

Ik weet dat hij haar een paar keer heeft geslagen, waarschijnlijk veel vaker dan ik wist. En hij dronk, zat achter de vrouwen aan en leidde het ruige leven van een profhonkballer. Hij was arrogant en verwaand en hij was vanaf zijn vijftiende gewend alles te krijgen wat hij wilde, want hij, Warren Tracey, kon een honkbal door een bakstenen muur gooien.

Het lukte ons het gesprek op de kinderen te brengen, en wanneer ze hen weer zou zien. Omdat ze zo mooi en intelligent was, kwam ze na Warren goed terecht. Ze trouwde met een iets oudere man, een directeur van een boorbedrijf, en die gaf Jill en mij een fijn thuis. Hij houdt van mijn moeder, en dat is het enige wat telt.

Ik betwijfel of Warren ooit van haar heeft gehouden.

2

In de zomer van 1973 herstelde het land langzaam van het Vietnam-trauma. Spiro Agnew zat in de problemen en zou uiteindelijk aftreden. Watergate was in het nieuws, en daar zou nog veel meer uit voortkomen. Ik was elf jaar oud en wist nauwelijks iets van wat er in de echte wereld gebeurde, maar daar zat ik niet mee. Honkbal was mijn wereld, en de rest deed er eigenlijk niet toe. Mijn vader was werper bij de New York Mets, en ik leefde en stierf bij elke wedstrijd. Ik wierp zelf ook, voor de Scrappers in de White Plains Little League, en vanwege mijn vader werden er geweldige dingen van mij verwacht. Ik voldeed bijna nooit aan die verwachtingen, maar er waren veelbelovende momenten.

Begin juni hadden de wedstrijden om het kampioenschap van de National League East een nogal saai verloop. Alle zes teams – Mets, Pirates, Cardinals, Phillies, Cubs en Expos – bleven met hun slaggemiddelde rond de .500 hangen en toonden weinig enthousiasme om een spurt in te zetten. In het westen lagen de Reds en Dodgers op voorsprong. In de American League zag het ernaar uit dat de Oakland A's, met hun arrogante houding, kleurrijke tenues en lange haar, hun kampioenschap van 1972 zouden herhalen.

Mijn vrienden en ik volgden de wedstrijden nauwlettend. We kenden alle spelers en alle uitslagen. We keken naar alle tabellen en speelden de wedstrijden na op de speelveldjes van White Plains. Thuis was het niet altijd zo gezellig en ik zocht mijn heil op het veld. Honkbal was mijn beste vriend, en halverwege juli 1973 zou die sport zo spannend worden als nooit tevoren.

Het begon rustig genoeg met een verrekte achillespees. De eerstehonkman van het Cubs AAA-team in Wichita ging tegen de vlakte toen hij voorbij het derde honk was, op weg naar de thuisplaat. De volgende dag kreeg Jim Hickman, de eerstehonkman van de Cubs, een blessure aan zijn rug. Het team had opeens iemand nodig om bij het eerste honk te staan, dus namen ze hun toevlucht tot hun AA-team in Midland, Texas, en riepen ze de eenentwintigjarige Joe Castle op. Indertijd had Castle een slaggemiddelde van .395 met twintig homeruns, vijftig binnengeslagen punten, veertig gestolen honken en maar één fout op het eerste honk. Hij was de beste speler van het AA-team en iedereen praatte over hem.

Het schijnt dat Castle lag te slapen in het goedkope appartement dat hij met vier andere minor league-spelers deelde toen het telefoontje uit Chicago kwam. Een assistent-coach bracht hem naar het vliegveld in Midland, en hij nam een vliegtuig naar Houston, waar hij twee uur op een vlucht naar Philadelphia wachtte. Intussen belde hij zijn familie in Arkansas met het sensationele nieuws. Toen hij in Philadelphia aankwam, bracht een taxi hem naar het Veterans Stadium, waar ze hem vlug een tenue aanpasten, hem nummer 42 gaven en hem het veld op stuurden. De Cubs waren al met slagoefeningen bezig. Natuurlijk was hij nerveus, opgewonden, bijna verbijsterd, en toen de manager, Whitey Lockman, zei: 'Ga je gang, je begint op het eerste en slaat als zevende,' kostte het Castle moeite zijn gloednieuwe knuppel vast te houden. In zijn eerste rondje major league-slagoefeningen sloeg hij de eerste twee ballen mis.

Daarna zou hij een hele tijd niet meer misslaan.

Voor de wedstrijd zat hij in de dug-out met Don Kessinger, de ervaren korte stop van de Cubs en ook afkomstig uit

Arkansas. Kessinger had op de universiteit van Mississippi triomfen gescoord als honkballer en basketballer. Hij was nu op zijn retour en vond het allemaal wel goed. Het lukte hem de jongen te kalmeren. Zijn enige advies was: 'Ga daar staan en meppen maar.' De middenvelder van de Cubs was Rick Monday, ook een veteraan. Hij was geboren in Batesville in Arkansas, dat net als Joe's geboortestad aan de White River lag, maar dan aan de andere kant. Dankzij Kessinger en Monday overleefde Joe de ergste nervositeit voor een wedstrijd die een speler zich maar kon voorstellen.

Het was donderdag 12 juli, een dag die de honkbalsport zich nog lang zou heugen.

De werper van de Phillies was de linkshandige Benny Humphries, een speler die keiharde ballen kon gooien en die evenveel slagmannen een vrije loop gaf als hij uit sloeg. Toen Joe in de tweede inning naar de plaat liep, zette hij zijn tanden op elkaar en zei hij voor de zoveelste keer tegen zichzelf dat hij naar de eerste bal moest slaan, ongeacht de richting van die bal. Humphries vond dat hij het groentje eens op een bal van major league-klasse moest trakteren en gebruikte alle kracht die hij had. Joe, die vanaf de rechterkant sloeg, verwachtte ook een snelle bal, en hij raakte hem perfect. De bal vloog over het veld en landde twintig rijen naar achteren in het linkermiddenveld. Hij rende langs de honken, veel te opgewonden om een triomfdrafje in te zetten, en werd al in de dug-out gefeliciteerd voordat hij op adem was gekomen.

Hij was niet de eerste major league-speler die een homerun sloeg met de eerste bal die op hem af kwam. Hij was de elfde. Zesenveertig nieuwkomers sloegen een homerun in hun eerste slagbeurt, elf met de eerste bal. Evengoed stond zijn naam in het recordboek. Dat lag nu open, en Joe Castle was nog niet klaar.

In de vijfde inning begon Humphries met een hoge, strakke, snelle bal, een *brushback* die als waarschuwing bedoeld was, maar Joe begreep de boodschap niet. Hij bracht de telling op 3-1 en mepte toen een snelle bal langs de linksveldlijn, waar hij net langs de binnenkant van de foutpaal ging. De scheidsrechter van het derde honk draaide vlug met zijn wijsvinger om te kennen te geven dat het een homerun was. Joe, die langs het eerste honk liep en de bal volgde, zette een sprint in en vertraagde pas enigszins toen hij de thuisplaat naderde. Nu had hij een record met één ander samen. In 1951 sloeg Bob Nieman van de St. Louis Browns een homerun in zijn beide eerste slagbeurten in de major league.

De Mets speelden die avond tegen de Braves in Atlanta, en de wedstrijd kwam niet op tv. Ik zat in Tom Sabbatini's kelder te luisteren naar Lindsey Nelson, de geweldige wedstrijdcommentator van de Mets, die ons vertelde wat er zojuist in Philadelphia was gebeurd. Er was niet veel voor nodig om Lindsey opgewonden te maken. 'Hij heeft een record geëvenaard, mensen,' zei hij. 'Denk eens aan de duizenden jongemannen die hebben gehonkbald, en maar twee van hen hebben ooit homeruns gescoord in hun eerste twee slagbeurten.'

'Ik vraag me af of hij het drie keer kan,' voegde Ralph Kiner daaraan toe, die als slagman de Hall of Fame had gehaald en als Lindseys hulpje fungeerde.

De Cubs maakten Humphries in de zesde inning het leven zuur, en de Phillies lieten een invaller werpen, de rechtshandige Tip Gallagher. Toen Joe in de eerste helft van de zevende inning aan slag was, was de stand 4-4 en waren de Philliessupporters, die altijd veel lawaai maakten, muisstil. Er was geen applaus, alleen nieuwsgierigheid. Tot hun verbazing sloeg Joe met links. Omdat er geen scoutingrapport was, wisten de Phillies niet dat hij met beide handen kon slaan. Niemand had de moeite genomen tijdens de slagoefeningen op hem te letten. Hij liet een lage boogbal gaan en sloeg twee keer een foutbal.

Daarna veranderde hij zijn houding en schoof hij zijn handen zeven centimeter over de knuppel naar boven. Het vorige seizoen had hij de Texas League aangevoerd met het laagste uitpercentage van alle slagmannen. Joe Castle was op zijn gevaarlijkst als hij twee keer een foutbal had geslagen.

Een *slider* ging laag naast, en toen kwam Gallagher met een snelle bal. Joe sloeg de bal en mepte hem keihard richting linkermiddenveld, een *line-drive* die bleef stijgen tot hij anderhalve meter over de muur heen ging. Toen hij voor de derde achtereenvolgende keer langs de honken liep, had hij een record behaald dat onaantastbaar leek. Geen enkele nieuweling had ooit homeruns gescoord met zijn eerste drie slagbeurten.

Joe Castle kwam uit Calico Rock in Arkansas, een schilderachtig dorpje op een rotswand boven de White River aan de oostelijke rand van de Ozark Mountains. Het was Cardinals-land, al sinds de tijd van Dizzy Dean, een boerenjongen, uit Arkansas die in de jaren dertig leider van de beruchte Gashouse Gang werd. Zijn broer Paul, bijnaam Daffy, was werper in hetzelfde team. In 1934, op het hoogtepunt van de roem van de Gang, voorspelde Dizzy tijdens de voorjaarstraining dat Daffy en hij samen vijftig keer winst konden behalen. Het werden er negenenveertig – dertig voor Dizzy en negentien voor Daffy. Twintig jaar later werd Stan Musial, de grootste Cardinal aller tijden, zo ongeveer als een godheid aanbeden. Met een radio op elke veranda volgde het dorp de geliefde Cardinals met pure hartstocht, net als talloze andere dorpen in het Midden-Westen en diepe zuiden op al die lange, warme zomeravonden. Het radiostation KMOX uit St. Louis versloeg de wedstrijden, en de vertrouwde stemmen van Harry Caray en Jack Buck waren in elke straat en in elke auto te horen.

Maar op 12 juli werden de afstemknoppen in Calico Rock naar WGN in Chicago gedraaid en luisterden Joe's vrienden en familieleden gespannen naar elke worp. De rivaliteit tussen de

Cardinals en Cubs was het grootst in de National League, en hoewel veel mensen in Calico Rock moeilijk konden geloven dat ze voor de gehate Cubs juichten, deden ze dat opeens toch, en nog met veel enthousiasme ook. Binnen enkele uren veranderden ze in Cubs-supporters. Na de eerste homerun verzamelde zich snel een menigte voor Evans Drug Store in Main Street. De tweede homerun bracht hen in een duizelige feeststemming, en de menigte werd steeds groter. Toen Joe's ouders, zijn twee broers, hun vrouwen en hun kleine kinderen ook nog verschenen, werden ze begroet met gejuich en omhelzingen.

Na de derde homerun ging het hele dorp uit zijn dak. Er werd ook feestgevierd in de straten en cafés van Chicago.

Hoe verbijsterend de eerste drie slagbeurten ook waren geweest, Joe's vierde zou hem voorgoed bemind maken bij alle honkbalpuristen. De eerste helft van de negende inning, stand 6-6, twee uit, Don Kessinger op het derde honk, de taaie rechtshandige Eddie Ramon op de werpheuvel. Toen Joe op de plaat ging staan, klapten enkelen van de achttienduizend supporters beleefd, en daarna daalde er een vreemde stilte over het Veterans Stadium neer. Ramons eerste worp was een snelle bal aan de buitenkant van de plaat. Joe wachtte en sloeg toen met zijn knuppel alsof het een bezemstok was. Hij mepte tegen de bal, die een paar centimeter buiten de lijn bij het eerste honk terechtkwam, een foutbal, maar toch een indrukwekkende slag. Ernie Banks, de eerstehonkcoach van de Cubs, had geen tijd om te reageren, en als de bal hem had geraakt, zou hij lelijk verwond zijn geweest. Willie Montañez, de eerstehonkman van de Phillies, ging naar links, maar pas nadat de bal tegen de tribune was gestuiterd en het rechtsveld in rolde. Instinctief ging Montañez twee stappen achteruit. Joe zag dat en veranderde van plan. De tweede worp was een hoge *change-up*. Nu de telling 1-1 was, probeerde Ramon nog een snelle bal. Zodra hij hem had geworpen, aarzelde Joe nog even en begon toen met zijn honkbal achter zich naar het eerste honk te lopen. De knuppel tikte zacht tegen de bal, en die rolde naar de tweedehonkman, Denny Doyle, die net zo verrast was als Ramon, Montañez en alle anderen in het stadion. Tegen de tijd dat Doyle bij de bal was, of de bal bij Doyle, was Joe drie meter voorbij het eerste honk. Hij volgde de rechterlijn en liep nu minder hard. Kessinger liep naar de thuisplaat en haalde daarmee uiteindelijk de overwinning binnen. Het publiek was stomverbaasd. Spelers van beide teams keken ongelovig. Terwijl hij de kans had om vier homeruns in een wedstrijd te slaan – iets wat de honkbalsport in honderd jaar tijd nog maar negen keer had meegemaakt – koos de jongen ervoor een perfecte *drag bunt* te slaan en zijn teamgenoot daardoor het winnende punt te laten scoren.

De meesten van degenen die in Main Street in Calico Rock naar het wedstrijdverslag luisterden, hadden diezelfde drag bunt al eens gezien, al had Joe Castle hem zelden nodig. Ze hadden veel meer *tape-measure*-ballen en *inside-the-park*-homeruns gezien. Zijn oudste broer Charlie, die op een bank voor de drugstore zat, had hem de drag bunt geleerd toen hij tien jaar oud was. Hij had hem ook geleerd met links en rechts te slaan, honken te stelen en foutslagen te maken als de worp er dichtbij kwam maar het toch niet helemaal was. De middelste broer, Red, had een miljoen lage ballen voor hem geslagen en zijn voetenwerk op het eerste honk geperfectioneerd. Beide broers hadden hem leren vechten.

'Waarom koos hij voor een bunt?' vroeg iemand in de menigte aan Charlie.

'Om zijn medespeler te laten binnenkomen en het winnende punt te scoren,' antwoordde Charlie. Zo simpel lag het.

De commentatoren van de Cubs, Vince Lloyd en Lou Boudreau, hadden zich tijdens de wedstrijd door het recordboek heen gewerkt en waren er zeker van dat ze de feiten goed hadden. Drie homeruns in de eerste wedstrijd van een carrière: dat was een primeur. Vier achtereenvolgende honkslagen in een eerste wedstrijd: dat evenaarde een hedendaags record, al had een of andere nieuweling in 1894 vijf honkslagen gemaakt.

Chicago won met 7-6, en toen de wedstrijd was afgelopen, luisterde bijna iedere Cubs-supporter. Er was geschiedenis gemaakt, en dat wilden ze niet missen. Lou Boudreau beloofde zijn luisteraars dat hij Joe straks een interview zou afnemen.

De menigte in Calico Rock bleef groeien, en de stemming was luidruchtig. De trots was tastbaar. Een halfuur na het einde van de wedstrijd kwam Lou Boudreaus stem over de radio met: 'Ik ben hier in de gastenkleedkamer met Joe Castle, die natuurlijk omringd wordt door journalisten. Hier is hij.'

Plotselinge stilte in Main Street in Calico Rock: niemand bewoog of sprak.

'Joe, dat was geen slechte eerste wedstrijd. Wat gaat er op dit moment door je heen?'

'Nou, ik wil graag mijn familie en vrienden in Calico Rock de groeten doen. Ik wou dat jullie hier konden zijn. Ik kan het nog steeds niet geloven.'

'Joe, wat dacht je toen je in de tweede inning op de plaat ging staan?'

'Ik dacht dat het een snelle bal zou worden en ik haalde uit naar de eerste bal. Ik denk dat ik geluk heb gehad.'

'Geen enkele speler heeft ooit homeruns geslagen in alle drie zijn eerste slagbeurten. Je staat in het recordboek.'

'Blijkbaar. Ik ben gewoon blij dat ik hier ben. Gisteravond om deze tijd speelde ik in Midland, Texas. Het is nog steeds moeilijk te geloven.'

'Dat is het zeker. Ik moet je vragen – en ik weet dat het je al eerder is gevraagd – maar wat dacht je in de negende inning? Je had een kans om vier homeruns in een wedstrijd te slaan en toch koos je voor een bunt.'

'Ik dacht aan één ding: dat ik Don vanaf het derde honk op de thuisplaat moest krijgen. Ik hou van honkballen, maar het is niet leuk als je niet wint.'

'Nou, je hebt het heel goed gedaan. Denk je dat je het morgenavond kunt volhouden?'

'Ik heb nog niet aan morgenavond gedacht. Don en nog een paar van de jongens trakteren me op een steak, en ik denk dat we er dan over praten.'

'Veel succes.'

'Ja, meneer. Dank u.'

Weinigen in Calico Rock gingen voor middernacht naar bed.

Zoals ze had beloofd, maakte mijn moeder me om zes uur 's morgens wakker, zodat ik naar de vroege nieuwsprogramma's uit New York kon kijken. Ik hoopte een glimp van Joe Castle op te vangen. Channel 4 bracht een snel overzicht van de National League-wedstrijden. De Mets hadden in Atlanta gewonnen. En dan was er Joe Castle die langs de honken in Philadelphia sprintte: één keer, twee keer, drie keer. De drag bunt kreeg evenveel zendtijd als de drie homeruns. Die jongen kon er wat van.

Mijn moeder pakte *The New York Times* van het garagepad. Op de voorpagina van de sportsectie stonden een zwart-witfoto van Joe Castle en een lang verhaal over zijn historische debuut. Ik zocht de schaar, knipte het uit en begon een nieuw plakboek, een van de vele die ik zorgvuldig bijhield. Als de Mets in de stad waren en mijn vader thuis was, moest ik de kranten een paar dagen bewaren voordat ik de honkbalverhalen kon uitknippen.

Ik vond het prachtig als de Mets op tournee waren. Mijn vader was dan weg, en het was vredig en prettig in ons huis. Als hij er was, was de stemming heel anders. Hij was een egocentrische, norse man die bijna nooit een vriendelijk woord voor ons had. Hij had nooit bereikt wat hij had kunnen bereiken, en dat was altijd de schuld van iemand anders: de manager, zijn teamgenoten, de eigenaren, zelfs de scheidsrechters. Op de avonden nadat hij had geworpen, kwam hij vaak laat en dronken thuis, en dan begonnen de problemen. Hoewel ik nog maar elf was, vermoedde ik dat mijn ouders niet bij elkaar zouden blijven.

Als hij met de Mets weg was, belde hij bijna nooit naar huis. Ik dacht vaak hoe geweldig het zou zijn als mijn vader na een wedstrijd meteen naar huis kwam en met mij over honkbal praatte. Ik keek en luisterde naar elke Mets-wedstrijd en had een heleboel vragen, maar hij zal het wel te druk hebben gehad doordat hij altijd met de jongens op stap ging.

Ik vond het prachtig om zelf te honkballen als mijn vader niet keek. Vanwege zijn drukke programma had hij bijna nooit gelegenheid om mijn wedstrijden te zien, en dat was een onbeschrijfelijk grote opluchting. Maar als hij er was, had ik geen zin om te spelen. Hij stak een preek tegen me af als we naar het veld reden, snauwde tijdens de wedstrijd tegen me, en wat nog het ergst was: op weg naar huis las hij me de les. Hij sloeg me zelfs een keer zodra we bij het veld vandaan reden. Vanaf mijn zevende huilde ik na elke wedstrijd waarin mijn vader me zag spelen.

3

Sara en ik leerden elkaar kennen in ons tweede jaar op de universiteit van Oklahoma. We trouwden een maand nadat we waren afgestudeerd. Warren werd zowel voor het afstudeerfeest als voor de bruiloft uitgenodigd, maar hij kwam niet opdagen. Dat verbaasde niemand.

We hebben drie prachtige dochters en wonen in Santa Fe, waar ik software schrijf voor een luchtvaartbedrijf. Sara werkte als binnenhuisarchitecte totdat de meisjes kwamen en ze fulltime moeder besloot te worden. Natuurlijk werd ik gefascineerd door elke bevalling, iedere gezonde baby, en ik was helemaal niet teleurgesteld in de sekse die God voor ons had uitgekozen. Ik wilde geen jongen, want ik wilde niet dat hij een honkbal oppakte en daarmee ging gooien. De meesten van mijn vrienden hebben een paar jongens, en zijn op een gegeven moment allemaal honkbalcoach geweest. Ik zou ook vast in de verleiding zijn gekomen om dat met een jongen te doen, en dus was ik blij dat we alleen maar dochters hadden.

Ik stopte met honkballen toen ik elf was en ik heb in dertig jaar geen inning meer gezien.

Mijn werkgever is een van die progressieve ondernemingen met allerlei secundaire voorzieningen en flexibele werkregelingen. Ik zou min of meer vanuit mijn huis kunnen werken, maar ik houd van kantoor, mijn collega's, zelfs mijn bazen. Het is opwindend om te zien hoe technologie ontstaat, zich ontwikkelt en uiteindelijk op de markt komt.

Ik zeg tegen mijn baas dat ik een paar dagen vrij moet nemen om een korte reis te maken die niets met mijn werk te maken heeft. Hij vindt het goed. Ik vertel Sara over mijn plannen en ze heeft er alle begrip voor. Ze kent de voorgeschiedenis en ik denk dat we allebei hebben geweten dat die reis op een dag onvermijdelijk zou zijn.

Ik rijd naar het vliegveld van Santa Fe en koop een enkele reis Memphis.

Toen Warren vijfendertig was, lukte het hem een oude vriend in de Orioles-organisatie over te halen hem een laatste kans in de voorjaarstraining te geven. Hij kon nog steeds hard gooien, maar had de bal niet goed onder controle. Bovendien was zijn naam puur vergif geworden en wilden andere teams niets met hem te maken hebben. Hij flopte toen hij de eerste keer op het veld kwam en werd de volgende dag geschrapt. Hij belde naar huis en zei tegen mijn moeder dat hij van plan was in Florida te blijven, waar een minor league-team hem blijkbaar als werpcoach wilde hebben. Dat was niet waar, en dat wist ik. Ik was toen twaalf en ik wist heel goed dat mijn vader een leugenaar was. Een paar maanden later vroeg mijn moeder echtscheiding aan, en toen het schooljaar was afgelopen, verhuisden we naar Hagerstown in Maryland om daar bij haar ouders te gaan wonen.

Warren Tracey trok zich uit de honkbalsport terug met een record van vierenzestig keer winst en vierentachtig keer verlies, een carrière met een gemiddelde score van 5,85 punten. In zestien seizoenen speelde hij voor de Pirates, de Giants, de Indians, de Royals, de Astro's en de Mets. Hij bracht meer tijd in de minor leagues dan in de major leagues door. Zijn drie jaar bij de Mets was zijn langste periode bij dezelfde club en ze degradeerden hem minstens vier keer naar hun AAA-team. Hij gooide vierhonderddertig slagmannen uit en gaf vierhonderdzestien een vrije loop. Zijn naam staat alleen in het recordboek omdat hij in 1972 de meeste slagmannen een bal tegen hun lijf had gegooid. Hij was nooit ergens tevreden over, en als hij niet te koop werd aangeboden, vroeg hij daar zelf wel om. Het was niet bepaald een schitterende carrière, maar honkbalsupporters weten dat niet meer dan één op de tien spelers die een minor league-contract tekenen zelfs maar één wedstrijd in de major league mogen spelen. Toen ik nog jong was, en gauw onder de indruk, was ik er trots op dat mijn vader in de major league speelde. Dat kon geen enkel ander kind in mijn straat zeggen. Maar toen ik ouder werd, wenste ik vaak dat ik een normale vader had, die het leuk vond om zijn zoon te coachen en een balletje over te gooien in de achtertuin.

Toen hij bij de Mets was, ging hij elk jaar begin januari al van huis voor de voorjaarstraining, lang voordat hij zich hoefde te melden. Hij had daar allerlei excuses voor, maar in werkelijkheid wilde hij alleen maar van huis weg zijn om elke dag golf te spelen, in de zon te liggen, te drinken en oude vriendinnen op te zoeken. Het kon Jill en mij niet schelen welk excuus hij gebruikte. We waren allang blij dat hij weg was.

Na het jaar in Hagerstown vertelde mijn moeder ons dat hij in Florida was hertrouwd. Jill en ik vonden dat verschrikkelijk slecht nieuws, want misschien zouden zijn nieuwe vrouw en hij besluiten een gezin te stichten.

In het vliegtuig van Dallas naar Memphis sla ik mijn oude plakboek over Joe Castle open. Het zit vol krantenknipsels, tijdschriftartikelen, het nummer van 6 augustus 1973 van *Sports Illustrated*, met Joe op het omslag, en het voorwerp dat voor mij het dierbaarst was in die opmerkelijke zomer van 1973: een zwart-witfoto van dertig bij twintig centimeter van zijn jeugdige, glimlachende gezicht. Op de onderkant heeft hij met keurige letters geschreven: 'Voor Paul Tracey, met de beste wensen', met daaronder zijn handtekening. Als jongen had ik daar een hele verzameling van. Mijn vriendjes en ik schreven brieven aan honderden profspelers en vroegen om een gesigneerde foto. Soms antwoordde er een, en we voelden ons een hele piet als we een foto over de post hadden gekregen. Mijn vader kreeg ook een paar van die brieven, maar hij was te belangrijk om erop in te gaan. Hij mopperde altijd over de supporters die een handtekening wilden.

Ik hield mijn plakboeken voor mijn vader verborgen. In zijn verwrongen denkwereld was hij de enige speler die mijn aanbidding waard was.

Nadat ik was gestopt met honkballen, sloeg mijn moeder mijn souvenirs stiekem op zolder op. Ze gaf ze terug – twee dozen vol – toen ik getrouwd was. Eerst wilde ik alles verbranden, maar Sara stak daar een stokje voor en ik heb alles nog steeds.

Ik ben nooit in augustus in Memphis geweest, en als ik de luchthaventerminal verlaat, heb ik moeite met ademhalen. Het is warm en benauwd, en mijn overhemd is binnen enkele minuten nat. Ik neem de bus naar Avis, haal mijn huurauto op, zet de airco hoog en rijd over de rivier de Mississippi naar het vlakke boerenland van de Arkansasdelta in het westen.

Calico Rock is vier uur bij me vandaan.

4

Op vrijdag 13 juli 1973 stond op de voorpagina van de sportsectie van de *Chicago Tribune* de vette kop VIER OP VIER. Er stond een grote zwart-witfoto bij van Joe, met drie verschillende verhalen over zijn historische eerste wedstrijd. De hele stad praatte over 'de jongen'. De Cubs-supporters, hard geworden door jaren van frustratie, hadden eindelijk eens gelegenheid om blij te zijn.

Joe sliep uit in zijn hotelkamer, belde zijn ouders op hun kosten op en praatte een uur met hen en zijn broers, waarna hij laat en uitgebreid ontbeet met Don Kessinger en Rick Monday. Hij verdreef nog wat meer tijd door zijn teamgenoten in Midland te bellen. Verslaggevers waren op zoek naar hem, maar hij had al geen behoefte meer aan hun aandacht. Om vier uur 's middags stapte hij in de teambus voor de snelle rit naar het Veterans Stadium. In de kleedkamer kwam Whitey Lockman naar hem toe en zei: 'Je slaat vanavond als derde, jongen, verknoei het niet.' Twee uur voor de wedstrijd liep Joe het veld op, rekte zich uit, deed wat warming-up en sloeg honderd lage ballen naar het eerste honk. Het leek wel of de tijd was blijven stilstaan. Hij kon bijna niet wachten tot de wedstrijd begon.

Toen hij op de plaat stapte, met twee man uit in de eerste helft van de eerste inning, zaten er vijfenveertigduizend Phillies-supporters in het stadion. Verder zaten miljoenen Cubs-supporters aan hun tv en radio gekluisterd. Terwijl de telling op twee ballen stond, mepte hij een tweehonkslag naar de hoek van het rechtsveld. Vijf op vijf. In de eerste helft van de derde inning, toen de drie honken bezet waren, maakte hij een honkslag naar rechts en kwamen er twee teamgenoten binnen. Zes op zes. In de vijfde inning – de honken leeg, twee uit en de binnenvelders naar achteren en aan de rechterkant – sloeg hij een bunt in de richting van het derde honk. Toen Mike Schmidt de bal met blote handen oppakte, vloog Joe al voorbij het eerste honk en werd er niet gegooid. Zeven op zeven. In de zevende inning sloeg hij een snelle bal tegen de bovenkant van het scorebord bij het linkermiddenveld, en toen hij in een wat rustiger tempo langs de honken draafde, gaven de Phillies-supporters hem een gedempt maar langdurig applaus.

Acht op acht.

In de eerste helft van de negende inning – twee man uit en de Cubs op voorsprong met 12-2 – sloeg Joe vanaf de linkerkant. Hij sloeg twee enkele honkslagen, een tweehonkslag en een homerun, en veel toeschouwers en legioenen van mensen die keken en luisterden, hoopten vurig op een driehonkslag. Vince Lloyd en Lou Boudreau smeekten daar openlijk om op de radio. Een cyclus – honkslag, tweehonkslag, driehonkslag, homerun – was iets zeldzaams in het honkbal. Het gebeurde gemiddeld drie keer per seizoen, en aangezien Joe blijkbaar van plan was alle records te breken, kon hij toch ook voor een cyclus gaan? In plaats daarvan sloeg hij tien worpen achtereen een foutbal. Hij maakte de telling vol en sloeg toen een van de langste homeruns in de geschiedenis van het Veterans Stadium. Toen hij langs het derde honk draafde, zei Mike Schmidt: 'Geen slechte wedstrijd, jongen.'

Negen op negen, met vijf homeruns.

Een ongebreidelde waanzin golfde door de straten van de North Side van Chicago.

Na de wedstrijd tegen de Scrappers, onze laatste van het gewone seizoen, kwam het team bij elkaar voor een feest in de tuin van Tom Sabbatini. Meneer Sabbatini stond achter de grill

– hotdogs en cheeseburgers – en de meeste ouders waren er ook, inclusief mijn moeder. Mijn vader wierp die avond in Atlanta, maar we interesseerden ons niet voor die wedstrijd. In plaats daarvan zette meneer Sabbatini een indrukwekkend grote radio neer en luisterden we naar WCAU vanuit Philadelphia. Het was in die tijd niet ongewoon om aan de knop van een kleine transistorradio te draaien en naar wedstrijden uit New York, Philadelphia, Boston en zelfs Montreal en Baltimore te luisteren. 's Avonds luisterde ik vaak uren in mijn kamer om verschillende wedstrijden bij te houden.

Telkens wanneer Joe Castle aan slag was, werd het feest even onderbroken en verdrongen we ons bij de radio. Harry Kalas was de commentator van de Phillies en de opwinding in zijn stem nam toe naarmate de wedstrijd vorderde, al werd zijn team ingemaakt. Bij elke slag van Joe, en vooral de twee homeruns, schreeuwden we en sprongen we in het rond alsof we ons hele leven al voor de Cubs waren geweest. Op een gegeven moment zei Harry: 'Ik denk dat er vanavond een heleboel Cubs-supporters zijn, vooral in het plaatsje Calico Rock in Arkansas.'

Toen Joe in de negende inning aan slag was, waren we zo nerveus dat we op onze tenen stonden te stuiteren. Na elke foutbal haalden we diep adem en bogen ons dichter naar de radio toe. Harry zei: 'Twee slagen op Castle.' We hoorden de klap van de knuppel, en Harry vertelde met zijn gepatenteerde homerunstem wat er gebeurde: 'De worp... er is een drive... die bal is... helemaal weg! In de boventribune... Mike Schmidt-territorium... Greg Luzinski-territorium. Vijf op vijf... Negen op negen. Ongelooflijk, mensen, gewoonweg ongelooflijk.'

Er werd geschiedenis gemaakt, en hoewel we maar elf jaar oud waren en ver bij de wedstrijd vandaan waren, hadden we het gevoel dat we er deel van uitmaakten. We hadden het wedstrijdschema al bekeken en wisten dat de Cubs pas eind augustus in het Shea Stadium zouden komen. Mijn vriendjes zinspeelden al op de kaartjes die ze wilden hebben.

Na drie wedstrijden in Philadelphia, en tien op tournee, gingen de Cubs naar huis. Toen Harry Kalas vertrok, zei hij: 'Ik kan me niet voorstellen wat een ontvangst Joe Castle morgenmiddag op Wrigley Field krijgt. Ik zou daar best bij willen zijn.'

De Cubs verlieten Philadelphia om middernacht en kwamen twee uur later op vliegveld O'Hare bij Chicago aan. Toen het team in een bus stapte om het vliegveld te verlaten, kreeg Joe Castle een eerste voorproefje van de roem. Tientallen Cubssupporters stonden achter een draadgazen omheining te wachten om een glimp van hun nieuwe ster op te vangen. Hij liep naar hen toe, schudde een paar handen, bedankte hen voor hun komst op dat late uur en liep toen vlug naar de bus terug, waar zijn teamgenoten graag wilden vertrekken maar ook van dat moment genoten. De club regelde een hotelkamer onder een schuilnaam, en om drie uur 's nachts viel Joe eindelijk in slaap.

Niet lang daarna vertrokken zijn ouders en twee broers uit Calico Rock om de lange rit naar Chicago te maken. De Cubs speelden zaterdagmiddag om twee uur tegen de Giants, en alleen een plotseling sterfgeval zou hen bij Wrigley Field vandaan kunnen houden.

De kabeltelevisie zou nog een paar jaar op zich laten wachten, en de enige wedstrijden die landelijk op tv werden uitgezonden, waren de World Series, de All-Star Game en de NBC Game of the Week op zaterdagmiddag met Curt Gowdy en Tony Kubek. De wedstrijd van 14 juli zou worden uitgezonden vanuit het Tiger Stadium in Detroit, waar de A's in de stad waren. 's Morgens vroeg werd NBC, net als de rest van de honkbalwereld, wakker met het onweerstaanbare verhaal van Joe Castle en zijn verbijsterende debuut in Philadelphia. Plotseling was de belangrijkste wedstrijd van de dag die van de Cubs tegen de Giants; geen enkele andere wedstrijd kwam daar zelfs maar bij in de buurt. Iedere honkballiefhebber in Amerika zou hunkeren naar nieuws uit Wrigley Field.

Het regende in Detroit, geen zware regen maar toch nattigheid, en 's morgens in alle vroegte nam NBC de controversiële en gedenkwaardige beslissing om de Game of the Week naar Chicago te verplaatsen. De Tigers en de A's bleven nog een paar weken protesteren, maar niemand luisterde daarnaar. In juli 1973 was Joe Castle de koning van het major league-honkbal, en NBC kreeg geen spijt van zijn beslissing. Het bleek een goede gok te zijn; het werd opnieuw een historische wedstrijd.

Curt Gowdy en Tony Kubek werden in Detroit gewekt en op een vliegtuig naar Chicago gezet, waar NBC hard aan het werk was om een productieteam samen te stellen en genoeg camera's in Wrigley Field te installeren. Het netwerk hoopte ook op een heldere hemel. Midden op de ochtend was het weer in Detroit beter dan in Chicago, en toen de Tigers-wedstrijd om twee uur begon, was er geen wolkje meer aan de lucht. Gowdy en Kubek zouden later toegeven dat ze het vanwege de opwinding op Wrigley Field geweldig vonden naar die andere stad te worden gestuurd.

In 1957 speelde Kubek, jarenlang de korte stop van de Yankees, tegen een zekere Walt Dropo, die meestal Moose, eland, werd genoemd omdat hij een meter tweeënnegentig was en honderd kilo woog. In 1950 was Dropo de American League Rookie of the Year, maar door blessures raakte zijn veelbelovende carrière algauw in het slop. In de volgende elf seizoenen speelde Moose Dropo voor verscheidene American League-teams en sloeg hij .270 met honderdtweeënvijftig homeruns – respectabele cijfers, maar niet het soort cijfers dat in de herinnering voortleefde. Niettemin had hij in juli 1952, toen hij voor Detroit tegen de Yankees speelde, honkslagen in twaalf achtereenvolgende slagbeurten gemaakt, zonder vrije loop. Het was een verbijsterend wapenfeit, een record waarvan veel deskundigen dachten dat het niet te breken was.

Plotseling trok Moose Dropo's vergeten carrière weer de aandacht. In de zaterdageditie van de *Chicago Sun-Times* stond een oude foto van Dropo naast een nieuwe van Joe Castle, en daaronder stond met vette letters: TWAALF OP EEN RIJ? De sportpagina van de *Tribune* riep uit: NEGEN OP NEGEN!

Wrigley Field was gebouwd in 1914, en na diverse uitbreidingen in de loop van de jaren was de capaciteit opgevoerd tot eenenveertigduizend. Het vorige seizoen, 1972, haalden de Cubs gemiddeld 16.600 toeschouwers in huis als ze thuis speelden. Tot aan de komst van Joe Castle hadden de Cubs in 1973 gemiddeld 16.800 toeschouwers gehad. Om tien uur zaterdagmorgen verzamelden zich grote menigten voor de kaartjesloketten van het stadion. Er stonden lange rijen in Addison Street. Er werden feestjes gehouden op de daken voorbij het linksveld. Wrigleyville was in alle staten, en naarmate de ochtend vorderde, was de hele omgeving van het stadion niet meer te houden. Iedereen wilde een kaartje.

Een materiaalbeheerder van de Cubs haalde Joe uit zijn hotel en liet hem door een onopvallende onderhoudsdeur onder de tribune bij het rechtsveld naar binnen glippen. Toen Joe zijn eerste stap op het veld van Wrigley zette, was het kort na elf uur. Hij had nog geen drie uur geslapen, want slapen was bijna onmogelijk. De hekken waren opengezet en de tribunes liepen snel vol. Niemand herkende hem in zijn straatkleren. Dicht bij de dug-out van het thuisteam stelde hij zich voor aan elke terreinknecht en zei beleefd nee tegen een verslaggever. In de kleedkamer van de Cubs trok hij zijn tenue aan en keek vol bewondering naar zijn nieuwe locker. Er werd een lichte lunch opgediend en Joe zat een sandwich te eten met Don Kessinger, toen een trainer zei: 'Hé, Joe, je ouders zijn er.'

In een smalle gang buiten de kleedkamer omhelsde Joe zijn moeder, zijn vader en zijn broers, Red en Charlie. Alle vijf verkeerden in verschillende stadia van ongeloof. Joe was misschien nog het kalmst. 'Het is maar honkbal,' zei hij. 'Uiteindelijk werpen ze me wel uit.'

Zoals te verwachten was, gaf Red hem advies. 'Blijven slaan. Als het weinig scheelt, neem dan geen risico.'

Charlie voegde daaraan toe: 'Je krijgt nu andere ballen. Geen snelle ballen meer. Ga niet te ver naar voren.'

'Ja, ja,' zei Joe lachend, en hij nam zijn familie mee de kleedkamer in om ze een korte rondleiding te geven. Ze waren diep onder de indruk, slaapwandelden door een avontuur waarvan ze jarenlang hadden gedroomd.

Toen de Giants het veld van Wrigley betraden, lagen ze vijf wedstrijden achter op de Dodgers in het westen. Willie Mays was weg; hij sleet zijn laatste dagen bij de Mets. Aan de andere kant hadden de Giants nog Willie McCovey en Bobby Bonds, en op 14 juli waren hun cijfers iets beter dan die van de Cubs. Hun eerst slagman was Ray Hiller, een linkshandige met zes keer winst en zeven keer verlies.

Om twee uur die middag zaten minstens eenenveertigduizend luidruchtige Cubs-supporters dicht opeen op de tribune van Wrigley Field. Talloze anderen keken toe vanaf de daken voorbij het linksveld. Toen Joe Castles naam in de tweede helft van de eerste inning werd omgeroepen, schudde de hele tribune van een oorverdovende ovatie waarin de stemmen van Curt Gowdy en Tony Kubek helemaal verloren gingen.

Hiller was een specialist in effectballen. Zijn snelle ballen waren niet zo hard. Hij wierp een paar onschuldige boogballetjes en Joe weerstond de verleiding om ernaar te slaan. Zijn derde worp was een *knuckle-curve combo* die hoog en wijd ging, en nu de telling 3-0 was, kreeg Joe het teken dat hij nu echt moest gaan slaan. Hiller kwam met een slider waar niet veel vaart in zat, en Joe sloeg er uit alle macht naar. De bal ging eerst langzaam de hoogte in en leek toen snelheid te krijgen. Algauw leed het geen twijfel dat hij weg was. De vraag was:

waar zou hij neerkomen? Gary Fielder, de linksvelder, ging twee stappen achteruit, bleef staan, draaide zich om, zette zijn handen in zijn zij en keek waar de bal heen ging. De bal stuiterde uiteindelijk tegen de vierde verdieping van een gebouw, ongeveer honderdveertig meter bij de thuisplaat vandaan. Misschien was Joe moe van alle homerundrafjes, of misschien leerde hij van het moment te genieten, maar hoe dan ook, hij liep in een langzamer tempo langs de honken, maar ook weer niet zo langzaam dat hij de werper ergerde. 'Nooit de werper te kakken zetten,' hadden Red en Charlie er bij hem ingeprent sinds hij tien was.

Er was nog nooit zoveel geluid uit Wrigley Field gekomen. De staande ovatie bulderde door tot Joe uit de dug-out stapte en tegen zijn pet tikte om het aanbiddende publiek te begroeten. Toen wierp hij een handkus naar zijn moeder, die in het gereserveerde vak op de tweede rij zat.

Tien op tien, met zes homeruns.

Joe was als eerste aan slag in de tweede helft van de derde inning. De stand was 1-1. Bij de eerste worp deed hij even alsof hij een bunt ging slaan en het hele binnenveld van de Giants reageerde krampachtig. Derdehonkman Ed Goodson en korte stop Chris Speier stonden schrap. Ze verwachtten een keiharde rechte bal. Uiteindelijk vlogen ze naar voren. Tito Fuentes deed hetzelfde, terwijl McCovey om het eerste honk heen danste. Nadat Hiller van de worp was hersteld, sprong hij overeind alsof hij doodsbang was voor een bunt. Blijkbaar hadden de scouts van de Giants hem daarvoor gewaarschuwd. Bal één. Hiller hield zijn snelle bal buiten het midden van de plaat. Hij koos voor een van de hoeken en hoopte er het beste van. Zijn tweede worp was een snelle bal, tien centimeter wijd. Joe wachtte en wachtte, haalde toen uit met de knuppel en mepte de bal naar het rechtsveld voor een honkslag.

Elf op elf.

Misschien kwam het door de sensatie van de geschiedenis

die daar werd gemaakt, of misschien door de opklarende lucht, de zon en het koude bier, of misschien zelfs door de opwinding die altijd op een volle tribune ontstond, of waarschijnlijk door dat alles samen, maar in elk geval was de atmosfeer in het stadion elektrisch geladen. Zo langzamerhand kreeg Joe een staande ovatie wanneer hij op de plaats van de volgende slagman ging staan, en nog een wanneer hij op de plaat ging staan, en natuurlijk juichte het publiek nog harder bij elke bal die hij sloeg.

Hij tikte tegen zijn pet en helm voor het publiek en rende naar het eerste honk.

Zijn twaalfde slagbeurt had hij in de tweede helft van de zesde inning, toen de Cubs met 3-2 voor stonden. Het veertigduizendkoppige publiek stond op om te applaudisseren en bleef staan. Op televisie gaf Curt Gowdy toe dat hij een knoop in zijn maag had. Op de radio sprak Vince Lloyd van het meest dramatische moment dat hij zich kon herinneren. Lou Boudreau zweeg.

Hiller had zijn snelle bal helemaal opgegeven en werkte nu met lange boogballen, change-ups en een gemene combinatie van slider en boogbal die een *slurve* werd genoemd. Joe sloeg bij de eerste twee worpen een foutbal en vloekte op zichzelf omdat hij naar ballen had uitgehaald die wijd waren geweest. Hij dook meer ineen, zette zich schrap en kreeg een bal die te hoog was. De vierde worp was een langzame boogbal, een worp die ter hoogte van de knieën van de slagman over de plaat zou gaan, of nog lager, en Joe nam geen risico. Hij hakte met de knuppel en sloeg de bal hard tegen de thuisplaat – een goede slag. De bal stuiterde hoog de lucht in naar het derde honk, waar Goodson stond te wachten en te wachten. Toen hij eindelijk de bal ving, was Joe het eerste honk al voorbij: zijn dertiende honkslag achtereen. Hij was Moose Dropo gepasseerd.

Opnieuw tikte hij tegen zijn pet voor het uitzinnige publiek.

Willie McCovey, een felle concurrent, tikte hem met zijn handschoen op zijn rug en zei: 'Gefeliciteerd, jongen.' Joe kon alleen maar glimlachen en knikken. Hij droomde en was in een andere wereld. Nog niet zoveel jaren geleden had hij in zijn verzameling honkbalkaartjes een dubbele All-Star-selectie gehad met zowel Willie McCovey als Willie Mays.

In de eerste helft van de achtste inning sloeg McCovey een keiharde bal die over de tribune bij het rechtsveld vloog en waarschijnlijk nooit meer gevonden is. De Giants stonden met 5-3 voor toen de Cubs in de tweede helft van de inning aan slag kwamen.

De score was natuurlijk belangrijk, maar de meeste toeschouwers waren daar niet alleen om naar een wedstrijd te kijken. Het was een zeldzaam moment om feest te vieren. Hun dierbare Cubs hadden sinds 1908 geen World Series meer gewonnen. Er waren gedenkwaardige momenten geweest – het team van 1945 had de Series in zeven wedstrijden van Detroit verloren – al was dat in de 'oorlogsjaren' geweest, toen de goede spelers in het leger zaten. Er waren een paar Hall of Famers geweest – Hack Wilson in de jaren twintig en Ernie Banks in de jaren vijftig en zestig, maar over het geheel genomen waren Cubs-supporters het wel gewend om te worden teleurgesteld. Ze waren enorm loyaal, maar ze verlangden ook hevig naar een team dat beter was dan de rest – of een speler die dat was.

Toen Joe voor de dertiende keer aan slag was, stond hij al genoeg onder druk vanwege de eerste twaalf honkslagen, maar daar kwam nog het een en ander bij: een loper op elk honk, twee man uit, een achterstand van twee punten en een verstikkende spanning op het veld. Het publiek stond te schreeuwen; sommigen baden zelfs. Hiller was vervangen door de rechtshandige Bobby Lund, een ervaren invaller die buitengewoon hard gooide. Joe zou later toegeven dat hij liever een bal van de linkerkant had gehad, want dan kon hij de snelle ballen een beetje eerder opvangen. Hij vond het altijd voldoende om foutballen te slaan en op die manier de telling vol te maken, maar in deze dertiende slagbeurt, waarschijnlijk de belangrijkste van welke carrière hij ook zou krijgen, besloot hij ongeduldig te zijn. Hij had de eerste worp, een hoge, snelle bal, over zich heen laten gaan en gekeken hoe Lund had geworpen, en was er nu klaar voor. De tweede worp was weer een snelle bal, misschien een paar centimeter wijd, maar nog wel zo dichtbij dat Joe hem kon raken. Hij sloeg een keiharde bal naar rechts van het midden, een kogel waarnaar Tito Fuentes bij het tweede honk omhoog sprong zonder hem te pakken te krijgen. De bal bleef drie meter boven de grond totdat hij een heel eind verder neerkwam. Bobby Bonds kreeg hem na één keer stuiteren te pakken en gooide hem naar de thuisplaat. Intussen waren de honklopers in beweging gekomen en maakte Joe's slag alle honken vrij.

Toen hij zonder problemen naar het tweede honk gleed, had hij het record in handen waarvan iedereen had gedacht dat het niet te breken was. Hij stond bij het tweede honk, zette zijn handen op zijn knieën, keek naar de grond en probeerde enkele seconden te geloven wat er was gebeurd en van het moment te genieten. Het stadion ging uit zijn dak; het lawaai was oorverdovend.

De achtervanger van de Giants, Dave Rader, had de bal, en toen het stof was gaan liggen, vroeg hij om een time-out. Langzaam liep hij langs de werpheuvel naar het tweede honk, waar hij de bal met een ceremonieel gebaar aan Joe Castle gaf. Toen het publiek dat gedenkwaardige staaltje van sportiviteit zag, bulderde het nog harder.

Joe zette zijn helm af en knikte het publiek toe. De scheidsrechters hadden geen haast om de wedstrijd te hervatten. Ze zagen dat er geschiedenis werd geschreven, en het spel werd gespeeld zonder klok. Ten slotte liep Joe naar de zitplaatsen naast de dug-out van de Cubs en wierp de bal naar zijn vader. Toen liep hij naar het tweede honk terug en zette zijn helm weer op. Hij keek diep het middenveld in en streek vlug een traan van zijn wang. Een camera pikte dat op, en Curt Gowdy en Tony Kubek lieten de wereld zien dat Joe Castle, die in zijn eentje op het tweede honk en ook in zijn eentje in het recordboek stond en intussen een legende was geworden, menselijk genoeg was om emotie te tonen.

5

Na een uur op de vlakke tweebaanswegen in het noordoosten van Arkansas merk ik dat ik honger krijg. Buiten het stadje Parkin stop ik op het grindterrein van een barbecuekraam en hoop er het beste van. Om niet met iemand te hoeven praten neem ik een deel van mijn plakboek mee om er onder de lunch in te lezen. Bij een hamsandwich en een blikje frisdrank blader ik krantenknipsels door die ik in geen tientallen jaren heb gezien.

Zodra Joe in de major league was gaan spelen, begon ik naar de bibliotheek in White Plains te gaan om verhalen uit de kranten uit Chicago te verzamelen. Met een groot kopieerapparaat bij de tijdschriften- en krantenafdeling maakte ik kopieën voor vijf cent per stuk. De zondagedities van 15 juli van zowel de *Sun-Times* als de *Tribune* stonden vol verhalen en foto's van de historische wedstrijd van zaterdag. Joe werd uitgebreid over de wedstrijd geïnterviewd, en het was duidelijk dat hij enorm genoot. Naast vele andere gedenkwaardige citaten zei hij dingen als:

'Nou, als ze me in de opstelling houden, sla ik dit seizoen waarschijnlijk .750.'

En: 'O, ja, er komen nog vierenzeventig wedstrijden. Eén homerun per wedstrijd is heel goed mogelijk.'

En: 'Uiteindelijk gooien ze me wel uit.'

En: 'Het kampioenschap? Dat hebben we al in onze zak, man. We denken aan de World Series. Ik wil tegen de A's spelen.'

Ondanks die opmerkingen was duidelijk dat hij graag met de pers mocht praten. Veel van wat hij zei was ironisch bedoeld. De honkbalverslaggevers uit Chicago, die bekendstonden om hun keiharde houding, waren vol ontzag en noemden hem 'brutaal maar beslist niet arrogant' en 'soms duidelijk ondersteboven van wat hij heeft gedaan'. Zijn teamgenoten waren verbijsterd, maar ook realistisch. Een van hen zei: 'Hij zal wel afkoelen, maar laten we hopen dat het een paar weken duurt. Op dit moment hebben we vier wedstrijden achtereen gewonnen en dat is het enige wat telt.' Toen Whitey Lockman werd gevraagd of Joe in de opstelling zou blijven, antwoordde hij: 'Ben je gek?'

Op de foto's die na de wedstrijd werden gemaakt, zie je een jongen met een fris gezicht die niet ouder dan eenentwintig leek en in opperbeste stemming verkeerde. Hij was knap, met blauwe ogen die diep in hun kassen stonden en had rossig krulhaar, het soort uiterlijk waar vrouwen over de hele wereld op af zouden komen. Hij had volgens een van de verhalen geen vriendin.

Iedereen werd verliefd op Joe Castle.

Ik had in onze huiskamer met mijn moeder naar de Game of the Week gekeken en was later met Tom Sabbatini en Jamie Brooks naar ons veldje gegaan, waar we balletjes overgooiden en aan een stuk door over Joe praatten. Een voor een imiteerden we al zijn slagen. Op die glorieuze zomermiddag leed het geen twijfel dat ieder van ons op een dag zoiets dramatisch zou doen als Joe Castle had gedaan. We zouden profhonkballer worden, geen twijfel mogelijk, we wisten alleen nog niet in welk team. Zoals te verwachten was, besloten we alle drie dat we samen jarenlang voor de Cubs zouden spelen.

Ik zat met mijn moeder en Jill te eten toen de telefoon ging. Het was mijn coach, en hij vertelde allereerst dat die ochtend de All-Star-stemming had plaatsgevonden. Ik was uitgekozen voor het team van twaalf spelers, de enige elfjarige in het team. Ik had daar natuurlijk van gedroomd, maar ik had geweten dat de kans klein was. Ik was stomverbaasd en opgetogen, en nadat ik het nieuws aan mijn moeder en Jill had verkondigd, wilde ik het wanhopig graag aan mijn vader vertellen. Maar die was met de Mets in Atlanta en had die avond om zeven uur een wedstrijd, en ik wist dat hij daarna niet zou bellen. Mijn moeder stelde voor dat ik tot zondagochtend laat zou wachten en dan naar zijn hotel zou bellen.

De sandwich is op. Ik pak mijn plakboek, betaal de rekening en vervolg mijn reis. Algauw laat ik de rijst- en bonenvelden achter me en kom ik in heuvelland en daarna in de Ozark Mountains, die eigenlijk geen bergen zijn maar uit hun krachten gegroeide heuvels. In Batesville, de geboorteplaats van Rick Monday, steek ik de White River over en volg hem naar het noorden door Mountain View en naar het Ozark National Forest. Het is een mooie rit over Highway 5, een smalle, bochtige weg die in oktober waarschijnlijk mooi genoeg is voor een ansichtkaart, maar nu is het augustus en het gras is bruin.

Voor zover ik kon nagaan, woont Joe Castle nog steeds in Calico Rock. Nadat er een eind aan zijn korte carrière was gekomen, ging hij naar huis terug en verdween daar uit het zicht. Er waren verhalen over hem in omloop geweest, maar na verloop van tijd waren de journalisten hem vergeten, vooral omdat ze bijna geen toegang tot hem konden krijgen. Een van de laatste pogingen was een bezoek van een verslaggever van *Sports Illustrated* in 1977 geweest, maar het plaatsje had snel de gelederen gesloten en niemand had iets willen zeggen. De verslaggever kon Joe niet vinden en werd door diens broer Red verzocht weg te gaan.

Als ik Calico Rock binnenkom, zeg ik voor de honderdste keer tegen mezelf dat ik me idioot gedraag. Niet alleen is mijn kleine missie tot mislukken gedoemd, er is ook een zeker gevaar aan verbonden.

Het is een mooi dorp op de rotsen boven de White River. Er zijn veel vissteigers bij de brug: langs deze rivier wordt veel op forel gevist. Ik parkeer voor de winkels in Main Street en vraag me even af hoe het dertig jaar geleden moet zijn geweest, toen Joe's vrienden en familieleden in drommen bij elkaar stonden om Vince Lloyd en Lou Boudreau in die magische zomer commentaar op de wedstrijden te horen geven. Ik kan bijna voelen hoe groot het verdriet was toen het misging met Joe.

Ik ben op zoek naar een zekere Clarence Rook, de eigenaar van de *Calico Rock Record*, het kleine weekblad dat al een halve eeuw vertelt wat er in het dorp gebeurt. Rook is al bijna even lang bij die krant, en als hij niet wil meewerken, heb ik geen alternatief plan. De redactie is gevestigd aan Main Street, drie deuren verder dan Evans Drug Store. Ik haal diep adem en loop naar binnen. Een jonge secretaresse in spijkerbroek begroet me met een brede glimlach en een vriendelijk hallo.

'Ik ben op zoek naar de heer Clarence Rook,' zeg ik. Die woorden had ik onderweg gerepeteerd.

'Hij heeft het nogal druk,' zegt ze, nog steeds glimlachend. 'Kan ik u helpen?'

'Nee, dank u. Ik moet hem echt spreken.'

'Oké. Mag ik uw naam?'

'Paul Casey. Ik ben verslaggever bij *Baseball Monthly*.' Die leugens zullen niet lang standhouden, maar de waarheid kan ik op dit moment echt niet gebruiken.

'Interessant,' zegt ze. 'En wat voert u naar Calico Rock?'

'Ik werk aan een verhaal,' antwoord ik. Ik weet hoe vaag dat klinkt.

'Oké,' zegt ze, en ze loopt bij me vandaan. 'Ik zal kijken wat hij doet.'

Ze verdwijnt naar achteren. Ik hoor stemmen. De muren zijn bezet met ingelijste exemplaren van oude edities, en algauw vind ik er een uit juli 1973. De vette kop luidt: JOE CASTLE IN VERBIJSTEREND DEBUUT MET CUBS. Ik doe een stap dichterbij en begin te lezen. Het verhaal is geschreven door Clarence Rook, evenals de meeste voorpaginaverhalen, en het loopt over van ongebreidelde trots.

Ik heb er een fotokopie van in mijn plakboek.

'Meneer Rook kan u ontvangen,' meldt ze, en ze knikt naar een smal gangetje. 'Eerste deur rechts.'

'Dank u,' zeg ik met een glimlach, en ik loop naar de achterkant van het gebouw.

Clarence Rook biedt een kleurrijke aanblik: rode wangen, wit overhemd, rood strikje, rode bretels, een jaar of zeventig oud, volle, grijze baard en een bos wit haar in Mark Twain-stijl. Hij kauwt op de steel van een pijp, die bijna nooit uit zijn mond komt en hij zit achter een oud houten bureau met stapels mappen en papieren. Op een zijkant daarvan staat een gehavende Royal-schrijfmachine uit circa 1950 die nog steeds in gebruik is.

'Meneer Casey,' zegt hij met een hoge, energieke stem terwijl hij zijn rechterhand naar voren steekt. 'Clarence Rook.'

Ik schud zijn hand en zeg: 'Aangenaam kennis te maken. Ik stel het op prijs dat u me wilt ontvangen.'

'Geen probleem. Gaat u zitten.'

Ik ga in de enige stoel zitten die niet vol ligt met allerlei papieren.

'Waar komt u vandaan?' vraagt hij met een glimlach die een mond vol tanden met tabaksvlekken laat zien.

'Santa Fe,' zeg ik.

'O, het is daar mooi. Mevrouw Rook en ik zijn een paar jaar geleden naar het westen gereden. We zijn in Santa Fe gestopt om naar het O'Keeffe-museum te gaan. Een spectaculair landschap. Ik zou daar zelf ook wel willen wonen.'

'Ja, wij wonen er ook graag, maar dit hier is ook een mooi dorp.'

'Dat is het zeker. Ik ben hier verderop in Mountain Home geboren; ik denk dat ik nooit wegga.'

'Hoe lang bent u al eigenaar van de krant?' vroeg ik in een poging wat tijd te verdrijven met inleidende conversatie. Blijkbaar wilde hij dat zelf ook.

'Ik heb hem twintig jaar geleden gekocht van mevrouw Meeks, die hem een eeuwigheid in bezit had gehad. Ze nam me in dienst toen ik nog een tiener was. Ik heb nooit gedacht dat ik mijn leven lang voor een krant zou werken, maar ik heb genoten van elke minuut. Dus u schrijft ook?'

'Nee, meneer, ik ben geen schrijver, en ook geen journalist.'

De glimlach verdwijnt. Hij knijpt zijn oogleden enigszins samen en hij probeert het te verwerken.

Ik ga verder: 'En ik heet niet Paul Casey. Ik heet Paul Tracey.'

Hij haalt een zak tabak uit een la, stopt langzaam zijn pijp, drukt de tabak aan en houdt er een lucifer bij. Hij neemt zijn blik niet van me weg en nadat hij een rookwolkje heeft uitgeblazen, vraagt hij: 'Is er ooit tegen u gezegd dat u op Warren Tracey lijkt?'

'Ja, dat heb ik vaker gehoord.'

'Bent u familie?'

'Hij is mijn vader.'

Zoals ik al verwachtte, valt dit nieuws niet goed. Dertig jaar lang heb ik vaak geaarzeld als ik mijn achternaam noemde. Meestal komt er geen reactie op, maar er zijn genoeg ongemakkelijke ogenblikken geweest om me terughoudend te maken.

Hij neemt een paar flinke trekken van zijn pijp, kijkt me fel aan en zegt ten slotte: 'Straks schieten ze je hier nog overhoop.'

'Ik ben hier niet gekomen om overhoopgeschoten te worden, meneer Rook.'

'Waarom ben je gekomen, jongen?'

'Mijn vader is stervende aan alvleesklierkanker. Hij is over een paar maanden dood.'

Weer een trekje, weer een wolk. 'Dat is triest,' zei hij, maar alleen om beleefd te zijn.

'Ik denk niet dat dit nieuws in Calico Rock veel verdriet teweeg zal brengen,' zeg ik.

Hij knikt en zegt: 'Daar heb je gelijk in. De meeste mensen hier zouden Warren Tracey graag aan een staak zien branden. En langzaam ook.'

'Daar ben ik me van bewust.'

'Weet iemand anders dat je hier bent?'

'Nee. Alleen u.'

Hij haalt diep adem, kijkt naar een tafellamp en probeert zijn gedachten op een rijtje te zetten. Een klok aan de muur geeft aan dat het tien over vijf is. Ik wacht een beetje nerveus af. Hij zal me zijn kantoor uitsturen of besluiten nog wat langer met me te praten. Ik gok op het laatste, want per slot van rekening is hij journalist en van nature nieuwsgierig.

'Waar is je vader tegenwoordig?' vraagt hij.

'In Florida. Hij is bij ons weggegaan toen ik twaalf was, en we hebben in de loop van de jaren weinig contact gehad. We hebben geen nauwe band. Die hebben we nooit gehad.'

'Heeft hij je hierheen gestuurd?'

'Nee. Hij weet hier niets van.'

'Mag ik dan vragen wat je hier precies komt doen?'

'Ik wil met Joe Castle praten, en ik hoop dat u die familie goed kent.'

'Ja, die ken ik. Ik ken ze goed genoeg om je te kunnen vertellen dat Joe niet met vreemden praat, en zeker niet met de zoon van Warren Tracey.'

6

Zondag 15 juli 1973. Wrigley Field zat weer stampvol met eenenveertigduizend fanaten. Een andere menigte van naar schatting tienduizend mensen stond buiten het stadion. Ze waren op zoek naar kaartjes, dronken bier, luisterden naar de radio en deden in het algemeen hun best om zo dicht mogelijk bij honkbalgeschiedenis te komen. Alsof de opwinding nog niet groot genoeg was, begon Juan Marichal als eerste werper voor de Giants, en als hij ergens speelde, trok dat meestal extra publiek. Hoewel Marichal zijn betere jaren achter zich had, kon hij nog steeds elk team verslaan. Met zijn *wind-up*, waarbij hij zijn voet hoog in de lucht schopte, zijn sublieme beheersing, intimiderende tactieken en hardnekkige competitiegeest was Marichal kleurrijk en altijd gevaarlijk. In de afgelopen dertien jaar had hij vaak geworpen op Wrigley, en hij had veel meer gewonnen dan verloren.

Hij zorgde meteen voor problemen. Toen Joe in de tweede helft van de eerste inning aan slag was, was Marichals eerste worp recht op zijn schouder gericht. Joe dook naar de grond en slaagde er nog net in niet gewond te raken, en het stadion ontplofte bijna. Vanuit de dug-out van de Cubs werd geschreeuwd, gedreigd, gevloekt naar de werpheuvel, waar Marichal glimlachend over de bal wreef en over zijn volgende worp nadacht. Joe, een nieuweling die zijn vierde wedstrijd in de major league speelde, wist dat dit niet het moment was om op de werpheuvel af te stormen. Hij moest dat recht verdienen, en dat zou gauw genoeg gebeuren. Rustig blijven, had zijn broer Red hem geadviseerd. Ze gaan gauw genoeg naar je gooien.

De volgende worp was een snelle bal, en Joe, die vanaf de linkerkant sloeg, knalde hem langs de foutlijn van het rechtsveld. Het was een kogel van een bal die de verdediging volkomen verraste en het publiek verbijsterde. Het was duidelijk een foutbal, maar hij bleef stijgen en stijgen tot hij hoog in de tribune terechtkwam. De worp was vijftien centimeter wijd geweest en had een snelheid van meer dan honderdvijftig kilometer per uur gehad, en Joe had hem met gemak geraakt. Marichal was onder de indruk. Willie McCovey ging op het eerste honk een stap achteruit, en Joe zag dat. De derde worp was een snelle bal aan de binnenkant. Joe begon te rennen op het moment dat hij de bal raakte. Zijn knuppel sleepte achter hem aan. Marichal was aan het eind van zijn theatrale vertoning gekomen en verkeerde niet in de positie een bunt op te vangen. McCovey kreeg de bal niet te pakken. Tito Fuentes rende naar het eerste honk, maar vergeefs. De bal rolde tien meter door het krijt van de honklijn en stuiterde toen enigszins naar links. Toen McCovey hem oppakte, rende Joe Castle al langs het eerste honk. Het was nu veertien op veertien.

McCovey zei niets tegen de jongen. Toen de menigte tot bedaren kwam, stapte Marichal het rubber op en keek hij naar Dave Rader achter de plaat. Hij strekte zich uit, stak zoals altijd zijn voet ver omhoog, en Joe was al halverwege naar het tweede honk tegen de tijd dat Marichal de bal losliet. Raders worp naar Fuentes was perfect, maar veel te laat. Na een rustige sliding naar het tweede honk, sprong Joe overeind, keek naar Marichal, haalde zijn schouders op, glimlachte en spreidde zijn armen, alsof hij wilde zeggen: 'Als je naar me gooit, zul je ervoor boeten.'

Twee worpen later stal hij het derde honk, en daarna scoorde hij met een doorgeschoten bal.

In de tweede helft van de vierde inning tikte hij een honkslag naar het midden: zijn vijftiende opeenvolgende slagbeurt met een honkslag.

Zoals Joe had voorspeld, kregen ze hem uiteindelijk te pakken. Toen hij zijn zestiende slagbeurt had, in de tweede helft van de zevende inning, sloeg Joe een bal keihard naar achter in het middenveld, en gedurende een ogenblik zag het ernaar uit dat die bal weg was. Maar de middenvelder, Garry Maddox, rende heen en weer tot hij de juiste positie had gevonden, en toen nog een eindje tot hij bijna helemaal achterin was. Honderdtwintig meter bij de thuisplaat vandaan ving Maddox de bal en kwam er een eind aan Joe's ononderbroken succes.

Joe was bij het tweede honk, en keek naar Maddox, en toen hij definitief uit was, draaide hij zich om en liep naar de dugout. De menigte kwam weer overeind voor een daverend applaus, en Joe liep op zijn gemak het veld af.

Na de wedstrijd maakten de Cubs bekend dat hij een ander shirt kreeg. Nummer 42 werd weggelegd, en de rest van zijn korte carrière droeg Joe Castle nummer 15.

De volgende donderdag begonnen de Mets in de aanloop naar de All-Star Game aan vier thuiswedstrijden tegen de Cardinals. Natuurlijk wist ik wie er zouden werpen. Mijn vader zou donderdagavond de bal krijgen, en ik wilde in het Shea Stadium zijn.

Op donderdagmiddag, voordat hij naar de wedstrijd vertrok, lukte het ons om een beetje over honkbal te praten. Zoals gewoonlijk was hij er niet helemaal met zijn gedachten bij en was hij nerveus voor de wedstrijd. Hij was de meeste dagen afstandelijk, maar als hij moest werpen, was hij zo ver weg dat ik me afvroeg of hij mijn stem wel hoorde. Hij was vierendertig en deed wanhopige pogingen om nog iets van zijn teruglopende carrière te maken. Achteraf denk ik dat hij bang was bij het vooruitzicht dat hij te oud werd voor honkbal. De jaren glipten voorbij, en de grote Warren Tracey bleek toch niet zo groot te zijn. In de opstelling van de Mets was hij de vierde man achter Jon Matlack, Jerry Koosman en de ongelooflijke Tom Seaver. Toen de teams aan de aanloop naar de All-Star Game begonnen, stond hij op vier keer winst en zes keer verlies en had hij een ERA van 5.60. De sportjournalisten van New York vroegen om een nieuwe vierde man. De Mets zaten al twee wedstrijden onder de .500 en bereikten blijkbaar niets meer.

'Gefeliciteerd met je toelating tot het All-Star-team,' zei hij. We zaten in de schaduw op de patio milkshakes te drinken. Hij had een bananenshake, die hij zelf maakte, precies zes uur voordat hij op de werpheuvel ging staan. Dat was een van zijn vaste gewoonten. Alle honkballers, vooral werpers, hebben zulke eigenaardigheden, had hij me eens verteld, en dus ging ik ook op zoek naar zoiets.

'Dank je. We hebben deze week elke dag getraind. De eerste wedstrijd hebben we zaterdag om twee uur tegen Rye.'

'Sorry dat ik niet kan komen.' De Mets speelden zaterdag om dezelfde tijd, en daar waren we allebei blij om. Hij zou niet naar mijn wedstrijd komen, en ik niet naar de zijne. 'Ga je zaterdag werpen?' vroeg hij.

'Ik denk van niet. Op dit moment ben ik nummer twee achter Don Clements. Hij is twaalf.'

Het kon hem niet schelen. Hij nam slokjes van zijn milkshake en keek uit over het gazon, helemaal opgaand in zijn gedachten. Ik kon het hem niet kwalijk nemen. Op de dagen dat ik wierp dacht ik aan niets anders. Ik kon me niet voorstellen hoe zenuwslopend het moest zijn om in het Shea Stadium voor een publiek van vijftigduizend supporters naar de werpheuvel te lopen en dan goed te presteren.

'En die Joe Castle?' vroeg ik.

Hij snoof minachtend. 'Die had geen slecht begin, maar zulke jongens zijn snel opgebrand. Als ze een of twee keer de major league door zijn geweest, weten we precies wat ze doen.

Elke nieuweling heeft een gat in zijn slag. Vroeg of laat komen we daarachter.'

Hij zei bijna nooit aardige dingen over andere spelers, zelfs niet over zijn eigen teamgenoten. Ik, een jongen van elf, vond dat vreemd, maar ik zou er een paar jaar over doen om te begrijpen dat hij te onzeker over zijn eigen prestaties was om bewondering te kunnen hebben voor wat een andere speler deed.

'Wacht maar tot hij met de harde slider kennismaakt,' zei hij. Zijn woorden stierven weg; zijn gedachten dwaalden weer af.

Ik zou hem niet tegenspreken. Ik vond het al prachtig om met mijn vader over honkbal te praten. Hoezo geen slecht begin? Na zeven wedstrijden had Joe vierentwintig honkslagen gemaakt in eenendertig slagbeurten, met negen homeruns en negen gestolen honken.

'Zeg, pa, ik wil je vanavond graag zien werpen. Ik neem de trein en zal je niet voor de voeten lopen. Tom kan meekomen.'

Hij fronste zijn wenkbrauwen en nam nog een slokje.

Je zou denken dat de zoon van een speler allerlei voorrechten genoot, inclusief pasjes om vóór de wedstrijd op het veld te komen, toegang tot de kleedkamer en natuurlijk vrijkaartjes. In het geval van Warren Tracey ging dat niet op. Hij wilde niet dat ik in het stadion rondhing en klaagde vaak over andere spelers die hun kinderen door de dug-out lieten kruipen voordat de wedstrijd begon. Hij vond dat bijzonder onprofessioneel. Voor hem was het speelveld heilige grond die alleen betreden mocht worden door degenen die een tenue droegen. Hij weigerde voor de wedstrijd op het veld met een journalist te praten, want volgens hem moest de pers in de persbox blijven.

'Ik zal zien wat ik kan doen,' zei hij ten slotte, alsof hij me een grote dienst zou bewijzen. Omdat mijn moeder het niet goed zou vinden dat ik in mijn eentje met de trein ging, had ik Tom Sabbatini uitgenodigd.

'Ik denk dat je moeder niet naar de wedstrijd gaat,' zei hij.

Dat was een gevaarlijk gespreksonderwerp. Mijn moeder ging elk seizoen naar een paar wedstrijden – zo min mogelijk. We zaten bij de andere gezinnen van Mets-spelers, en ik kende sommige kinderen, al waren we geen vrienden, want geen van de anderen woonde in White Plains. Mijn moeder wilde niet omgaan met de andere vrouwen, en pas vele jaren later legde ze uit waarom. Mijn vader zat achter vrouwen aan – op tournee, thuis, tijdens de voorjaarstraining, altijd, overal, dat maakte voor Warren niet uit. Mijn moeder wist dat, al weet ik niet hoe ze het wist. Zoals in elk profhonkbalteam waren er spelers die de bloemetjes buitenzetten en spelers die dat niet deden. Ik ken de percentages niet, en ik geloof ook niet dat er ooit een betrouwbaar onderzoek naar is gedaan. Wie wil dat trouwens ook weten? Zoals mijn moeder me jaren later uitlegde, wisten alle echtgenotes wie de schuinsmarcheerders waren, en je mocht gerust veronderstellen dat iedere Metsvrouw wist dat Warren Tracey zijn broek niet aan kon houden. Ze voelde zich vernederd als ze met Jill en mij bij de gezinnen van spelers op de tribune zat en probeerde te doen alsof we gewoon een gelukkig gezin waren.

In juli 1973 hadden mijn ouders twaalf jaar van een slecht huwelijk doorstaan. Ze werkten allebei in het geheim aan een vertrekplan.

Die avond namen Tom en ik de trein naar Grand Central en daarna de metro naar het Shea Stadium. We hadden geweldig goede plaatsen – tien rijen van het veld bij de dug-out van de Mets. Mijn vader wierp goed. Hij had zes sterke innings en liet maar drie honkslagen passeren, maar de Mets verknoeiden een voorsprong van twee punten in de negende inning. Op weg naar huis zat de metro vol luidruchtige Mets-supporters, van wie sommigen dronken waren. Nu en dan, als ik zo'n trip maakte, of op het Little League-veld, of zelfs op school, hoorde ik iemand klagen over Warren Tracey. Supporters in New York zijn fel en goed geïnformeerd, en ze maken van hun hart geen moordkuil. (Ik was een keer in het Shea toen ze Tom Seaver op boegeroep onthaalden.) Wanneer ik een negatieve opmerking over mijn vader hoorde, kromp ik altijd ineen en weerstond ik de verleiding om de belediging te beantwoorden. Maar vaak waren de klachten terecht.

Ik kwam thuis, praatte even met mijn moeder en ging toen vlug naar bed. Ik wilde niet wakker zijn als hij thuiskwam, als hij dat al deed. Hij was het ergste dronken op de avonden nadat hij had geworpen. Hij zou de komende drie dagen niet hoeven spelen, dus waarom zou hij zich niet te pletter zuipen en door het lint gaan?

7

De volgende zaterdag verloren de White Plains East All-Stars van Rye in de eerste ronde van het regionale toernooi en verloren de Mets van de Cardinals. Ik speelde niet, en mijn vader ook niet. Natuurlijk had hij een vrije dag, maar ik had eigenlijk een inning of twee moeten spelen. In het gewone seizoen stond ik, als ik niet speelde, op het buitenveld. Ik sloeg .412 in achttien wedstrijden, de op vijf na hoogste score in de league, en laat in de wedstrijd tegen Rye hadden we iemand nodig die een bal kon raken. Maar onze coach dacht er anders over.

Toen ik daar langs de kant stond toe te kijken, voelde ik me opeens beroerd. Ik zou als eerste gaan werpen in onze volgende wedstrijd van maandagmiddag tegen Eastchester, en mijn vader zou in de buurt zijn. Hij haalde het National League All-Star-team niet, kwam daar niet eens bij in de buurt, al vond hij zelf dat ze aan hem hadden moeten denken. De All-Star-pauze duurde drie dagen. Op dinsdagavond zou de wedstrijd in Kansas City worden gespeeld.

Met een schema dat van begin april tot eind september loopt, eenentachtig wedstrijden thuis en eenentachtig op tournee, zijn major league-spelers gek op de All-Star-pauze. Degenen die niet zijn uitverkoren om te spelen, gaan vaak naar huis of nemen een korte vakantie. Het jaar daarvoor hadden mijn vader en een teamgenoot, die allebei voor de zoveelste keer over het hoofd waren gezien, in die dagen op forel gevist in Montana. Ze hadden zich in San Francisco bij het team aangesloten toen de gewone wedstrijden weer begonnen. Ik had goed geluisterd, maar had jammer genoeg niet gehoord dat mijn vader dit jaar opnieuw een vistrip ging maken.

Als mijn vader naar een wedstrijd van mij ging, zat hij nooit bij mijn moeder of de andere toeschouwers op de tribune. Daar had hij geen zin in. Een kind had een keer om zijn handtekening gevraagd, en daar had hij nog een week over geklaagd. Hij speelde bij de Mets en was dus beroemd en wilde niet met gewone ouders omgaan. Om weg te komen vond hij een plek bij de omheining, niet ver bij onze dug-out vandaan, en daar stond hij dan in zijn eentje te brommen en advies te roepen. Hij kon alleen maar minachting opbrengen voor al mijn coaches omdat ze natuurlijk zo weinig van het spel wisten. Ze probeerden hem er altijd bij te betrekken, omdat hij nu eenmaal degene was die hij was, en dan schaamde ik me voor zijn onbeschofte gedrag. Ik zag me meermalen gedwongen een coach mijn verontschuldigingen aan te bieden.

Het toernooi werd gespeeld in Scarsdale, en toen we naar het sportterrein reden, zweeg iedereen in de auto. Jill en ik zaten op de achterbank, en ze mokte, want ze had een pesthekel aan honkbal. Mijn vader was kwaad omdat een journalist in *The Times* die ochtend had gezegd dat de Mets het kampioenschap niet konden behalen als ze Warren Tracey in de opstelling hadden. Ik was op van de zenuwen en mijn maag deed pijn. Mijn moeder bladerde in een tijdschrift alsof er geen vuiltje aan de lucht was.

Toen ik op de werpheuvel stond, kon ik de bal nauwelijks vasthouden. Mijn eerste worp was een zwakke snelle bal die hard werd weggeslagen, zij het direct naar onze korte stop, die hem kon vangen. Ik haalde diep adem en voelde me beter. Mijn tweede worp was een snelle bal die de slagman recht naar onze eerstehonkman sloeg. Twee worpen – twee keer uit. Dit werd misschien gemakkelijker dan ik had gedacht. De derde slagman was een lastige figuur. Iedereen kende hem. Hij heette

Luke Gozlo, en hij was een grote jongen met een grote mond en een grote knuppel om zijn brutale woorden in daden om te zetten. Hij zou later door de Red Sox worden gerekruteerd en wegkwijnen in de minor league.

Mijn coach zei steeds weer: 'Gooi de bal niet naar het midden van de plaat. Een vrije loop is beter dan een homerun.' Ik deed mijn best om hem een vrije loop te geven toen mijn derde worp naar binnen ging. Luke tilde zijn voorste voet van de grond, ging de bal te lijf, en zodra hij hem raakte, voelde ik me misselijk. Onze linksvelder kwam niet in beweging. De oelewapper stond met zijn handen in de zij en keek naar de bal alsof hij een straaljager over het veld zag gieren. De bal kwam op het parkeerterrein terecht. Luke juichte en krijste en liep langs het eerste en tweede honk; zijn vuist pompte in de lucht. Wat een rotzak. Hij stampte op de thuisplaat en rukte zijn helm af, zodat iedereen zijn grijnzende gezicht kon zien.

Ik wierp drie snelle ballen zo hard als ik kon en gooide de vierde slagman uit. Toen ik van het veld af liep (nooit rennen, had mijn vader gezegd; de werper rent nooit van het veld), gaf mijn vader me een teken dat ik bij hem moest komen. Mijn coach voorzag moeilijkheden en onderschepte me langs de lijn. Hij legde zijn arm om mijn schouder, zei tegen me dat ik het van me af moest zetten en liep met me naar de dug-out, waar ik veilig was voor de adviezen van mijn vader.

Luke Gozlo was weer aan slag in de eerste helft van de vierde inning, toen de honken leeg waren en er niemand uit was geweest. Mijn vader riep 'Paul' om mijn aandacht te trekken, maar ik deed of ik hem niet hoorde. Mijn eerste worp was een snelle bal waar Luke vergeefs naar hakte, en terwijl onze supporters juichten, hoorde ik mijn vader zeggen: 'Gooi de bal naar zijn kop, Paul.' Ik keek mijn coach aan. Hij hoorde het ook en schudde zijn hoofd. Nee.

Ik had een paar slagmannen geraakt, maar nooit met opzet. Het jaar daarvoor had ik een snelle bal tegen de helm van Kirk

Barnes laten stuiteren. Het was een misselijkmakend geluid geweest. Hij huilde een uur lang, en we stopten allebei bijna met honkballen. Bovendien wilde ik geen moeilijkheden met Luke Gozlo. Hij was een keiharde jongen, het type dat na de wedstrijd op het parkeerterrein zou staan wachten om me in elkaar te slaan.

Ik gaf hem een vrije loop met de volgende vier worpen, die geen van alle bij zijn hoofd in de buurt kwamen, of zelfs maar bij de slagzone. Nu de telling op 2-2 stond, probeerde ik het met een boogballetje, en dat was een grote fout. Hij mepte hem weg, en toen de bal over de omheining vloog, juichte Luke weer en liet hij zijn achterste zien toen hij langs de honken rende. Op dat moment wenste ik dat ik hem de bal voor zijn kop had gegooid.

Ik wierp de volgende twee uit en gaf er toen twee een vrije loop, waarna ik geluk had met een hoge, gemakkelijk te vangen bal naar het diepe rechtsveld. Toen ik naar de dug-out liep, keek ik even naar mijn vader. Hij schudde zijn hoofd, fronste zijn wenkbrauwen, bromde iets en sloeg zijn armen woedend over elkaar. Ik dacht erover naar huis te gaan liften. Misschien kon ik meerijden met een coach of teamgenoot. Misschien kon ik bij de Sabbatini's gaan wonen en een normaal leven leiden.

Toen het team met 5-2 achterstond en uitgeschakeld dreigde te worden, besloot onze coach van werper te wisselen. Ik wilde blijven spelen, maar ik was ook blij dat ik uit de wedstrijd was en in de dug-out kon wegkruipen.

Eastchester won met 11-2, en ons seizoen was voorbij.

Mijn honkbalcarrière was ook voorbij. Ik zou nooit meer een honkbaltenue aantrekken.

Op de terugweg wachtte mijn vader misschien twee minuten, maar toen kon hij zich niet langer stilhouden. 'Dat was een waardeloze wedstrijd,' begon hij.

Mijn moeder was meteen woedend, en ze snauwde: 'Begin

nou niet, Warren. Denk er niet eens over na. Hou je kop en rijd door.'

Ik kon zijn gezicht niet zien, maar ik wist dat het bloedrood was. Ik wist dat hij het liefst meteen zou stoppen om haar op haar gezicht te slaan en dan mij op de achterbank te lijf te gaan. Voorbijkomende automobilisten zouden worden getrakteerd op de aanblik van de zoveelste ruzie in de familie Tracey, na een wedstrijd en langs de kant van de weg.

Nu moet ik zeggen dat hij mijn moeder alleen sloeg als hij dronken was. Dat was geen excuus, maar terwijl de seconden langzaam voorbijtikten, voelde ik me daardoor getroost.

Een waardeloze wedstrijd? Op dat punt in zijn carrière had hij eenenzestig wedstrijden gewonnen en er tachtig verloren. Wat was dat dan voor een waardeloze staat van dienst? En hoe zat het met die waardeloze wedstrijd tegen de Dodgers in mei, toen hij in de eerste inning zes punten weggaf en bij zijn vertrek alle honken vol had, en maar één man uit? En die waardeloze wedstrijd van drie weken geleden in Pittsburgh, toen hij met een voorsprong van vijf punten in de zevende inning begon en die hele voorsprong weggaf voordat de Mets een invaller zijn warming-up kon laten doen? Breek me de bek niet open. Ik kende zijn staat van dienst beter dan hijzelf, maar als ik mijn brutale mond opendeed, zou ik ervanlangs krijgen.

Ik slaagde erin mijn mond te houden. Hij ook, en zo overleefden we de rit naar huis. Toen hij de motor uitzette, zei hij: 'Laten we naar de tuin gaan, Paul. Ik moet je iets laten zien.'

Ik keek smekend naar mijn moeder, maar ze stapte vlug uit.

De sessie in de tuin kreeg algauw een lelijk en daarna een gewelddadig karakter. Toen het voorbij was, nam ik me heilig voor nooit meer te honkballen, niet zolang hij leefde.

8

Joe kwam in de vroege uurtjes van maandagmorgen thuis. Er brandde licht; zijn ouders wachtten. Toen hij voor het huis parkeerde, zag hij de grote poster op een bord bij de brievenbus. Het was een kopie van de achterkant van een Cubs-shirt met het grote getal 15 in het midden. Hij keek om zich heen – voor elk huis in Church Street stond hetzelfde bord. Later zou hij merken dat er voor elk huis in Calico Rock een stond, en dat dezelfde posters in de etalages van alle winkels, kantoren, banken en cafés hingen.

De familie van zijn moeder kwam uit het zuiden van Louisiana, en Joe was grootgebracht met cajunvoedsel. Zijn lievelingsgerecht was rode bonen met rijst en andouilletteworst, en om drie uur die nacht at hij daar een heel bord van op. Toen sliep hij tot het begin van de middag.

Charlie Castle was acht jaar ouder dan Joe. Hij was getrouwd, had twee kleine kinderen en woonde in een nieuw huis aan de rand van het plaatsje. Daar kwamen de familie en de vele vrienden op het eind van dinsdagmiddag samen om hotdogs en ijs te eten. Natuurlijk kwamen ze vooral om Joe te zien, hem aan te raken, zich ervan te vergewissen dat hij echt was en hem op een waardige manier duidelijk te maken dat ze immens trots op hem waren. Hij maakte het hun gemakkelijk. Thuis, ver weg van Chicago, eigenlijk ver weg van alles, leken de afgelopen twaalf dagen onecht, en soms was hij net zo beduusd als zijn bewonderaars. Hij zette handtekeningen, poseerde voor foto's, kuste zelfs een paar kleine kinderen. Op de tv in de huiskamer was de All-Star Game te zien, maar iedereen was buiten.

Ze hadden Joe voor zich alleen, zij het maar even. De wereld graaide naar hem. Joe zou een heel grote worden en binnenkort weer in de schijnwerpers staan.

Ik keek thuis bij mijn moeder naar de All-Star Game. De Sabbatini's hadden me uitgenodigd, maar ik had een blauw oog en wilde het huis niet uit. Mijn ouders hadden oorlog gevoerd, en uiteindelijk was mijn vader naar de stad gevlucht, waar hij ongetwijfeld naar een café zou gaan en daar nog meer stennis zou schoppen. Voordat hij wegging, verontschuldigde hij zich omdat hij me had geslagen, maar die verontschuldiging had geen enkele betekenis voor mij. Ik haatte de man. Ik denk dat mijn moeder hem ook haatte. Jill had hem allang opgegeven.

De wedstrijd was in Kansas City en het werd een triomf voor Willie Mays, de grootste All-Star-speler aller tijden. In vierentwintig opmerkelijke wedstrijden maakte hij drieëntwintig honkslagen, waaronder drie homeruns, drie driehonkslagen, twee tweehonkslagen, en schitterde hij ook als verdediger. Nu was hij tweeënveertig jaar oud en zat hij bij de Mets op de bank. Hij was van plan er aan het eind van het seizoen mee op te houden.

Ik was de enige jongen die ik kende die Willie Mays had ontmoet. In het begin van het seizoen hadden de Mets hun jaarlijkse familiedag in het Shea Stadium. De meeste vrouwen en kinderen van de spelers gingen daarheen om elkaar te ontmoeten en voor fotografen te poseren. IJsjes, handtekeningen, rondleidingen door stadion en kleedkamers, veel souvenirs. Mijn vader had met tegenzin goedgevonden dat ik aan die geweldige dag zou deelnemen. Ik ging op de foto met Willie Mays, Tom Seaver, Rusty Staub en de meeste Mets. Mijn moeder liet die foto's vergroten en ze kwamen in mijn plakboek. Ik had dikke plakboeken die gewijd waren aan Tom Seaver en Willie Mays, de enige twee Mets die het All-Star-team haalden.

Toen ik naar de wedstrijd keek, vroeg ik me af hoe ze werkelijk over Warren Tracey dachten. Zeker, ze waren teamgenoten, maar ik dacht dat ze niet veel van mijn vader moesten hebben. Hoe ik ook mijn best deed om hem aan het praten te krijgen, hij wilde nooit veel over de andere Mets vertellen. Hij ging om met een paar invallers en soms vertelde hij een grappig verhaal over iets wat in het clubhuis of onderweg was gebeurd – verhalen die geschikt waren voor onze oren. Zijn manager, Yogi Berra, was goed voor de nodige hilariteit. Maar over de grote Mets – Tom Seaver, Willie Mays, Jerry Koosman, Rusty Staub – sprak hij nooit. Achteraf denk ik dat hij jaloers was op hun succes.

Voor de American League hadden de supporters grote honkballers geselecteerd als Brooks Robinson, Reggie Jackson en Rod Carew. Catfish Hunter begon als werper. In de National League hadden de Reds drie startende werpers: Pete Rose, Joe Morgan en Johnny Bench. Hank Aaron was de eerstehonkman. Een recordaantal van vierenvijftig spelers nam deel aan de wedstrijd, en ik had het Topps-honkbalkaartje van iedereen. Ik kende hun leeftijd, geboorteplaats, lengte, gewicht en hun hele staat van dienst. Ik prentte al die gegevens niet opzettelijk in mijn geheugen, maar nam ze vanzelf op. De honkbalsport was mijn wereld; de spelers waren mijn idolen.

Maar de sport had zojuist een lelijke dreun gekregen, en ik was gewond. De rechterkant van mijn gezicht was gezwollen en het oog zat dicht. Ik was heel blij dat mijn vader niet in de All-Star Game speelde, want dat had ik niet kunnen doorstaan. Hij kwam daar nooit bij in de buurt, al voelde hij zich met zijn verwrongen ego natuurlijk gekrenkt. Het was een hele opluchting om hem het huis uit te hebben.

Mijn moeder was in de buurt een pocket aan het lezen. Ze schonk geen aandacht aan de wedstrijd, maar bleef dicht bij mij. Nadat hij naar buiten was gestormd en de gemoederen tot bedaren waren gekomen, zei ze tegen me dat hij me nooit meer zou slaan. Ik leidde daaruit af dat ze op het punt stond hem te verlaten, of dat hij ons zou verlaten, of dat er een andere breuk zou plaatsvinden. Ik fluisterde dat tegen Jill, en we waren eerst dolblij. Toen vroegen we ons af waar we zouden wonen. Wat zou er met hem gebeuren? Hoe kon mijn moeder zonder zijn inkomen in haar levensonderhoud voorzien? Terwijl die scenario's door ons hoofd gingen, kwamen er steeds meer lastige vragen bij ons op. Ik denk dat ieder kind wil dat zijn ouders bij elkaar blijven, maar in de loop van de dag raakte ik steeds meer innerlijk verscheurd. Aan de ene kant waren er de onzekerheden van een scheiding; aan de andere kant waren er de prettige gedachten aan een leven zonder mijn vader. Ik neigde ernaar de voorkeur te hebben voor het laatste.

Toen Ron Santo in de tweede inning aan slag was, konden Curt Gowdy en Tony Kubek niet langer wachten met het Joe Castle-verhaal. Ze waren nog maar tien dagen eerder op Wrigley Field getuige geweest van die historische gebeurtenis en vertelden er nu over, terwijl Catfish Hunter naar Santo wierp. Na elf wedstrijden had Joe veertig slagbeurten gehad, negenentwintig honkslagen, twaalf homeruns en veertien gestolen honken. Hij had in elke wedstrijd goed geslagen, en wat nog belangrijker was, de Cubs hadden negen van de elf wedstrijden gewonnen en stonden nummer één in de National League East. Wrigley Field was niet alleen alle zes thuiswedstrijden uitverkocht geweest, maar bovendien waren er tot na Labor Day voor geen enkele wedstrijd meer kaartjes te krijgen.

Kubek kwam met de redenering die je overal hoorde. De wijze mannen van de honkbalsport, mijn vader incluis, voorspelden dat de werpers gauw genoeg Joe's zwakheden zouden zien. Zijn huidige slaggemiddelde van .725 was belachelijk en zou vast en zeker kelderen als hij nog langer in de major league speelde.

Gowdy was daar niet zo zeker van. 'Ik heb geen gaten in zijn slag gezien,' zei hij.

'Ik ook niet,' gaf Kubek vlug toe.

'Hij is nog maar twee keer uitgegaan.'

'Een geweldige balans. Hij houdt zich gedeisd en heeft een ongelooflijke slagsnelheid.'

Die arme Ron Santo werd overschaduwd door zijn nieuwe teamgenoot, die op dat moment in Calico Rock het zelfgemaakte aardbeienijs van zijn tante Rachel zat te eten en geen moment aan de wedstrijd dacht.

Toen de competitie op 26 juli werd hervat, begonnen de Cubs met een serie van vier wedstrijden in Cincinnati tegen de Big Red Machine, het meest overheersende team uit de jaren zeventig. Met spelers als Pete Rose, Johnny Bench, Joe Morgan en Tony Pérez hadden de Reds de World Series van 1972 in zeven wedstrijden nipt van de A's verloren, maar in 1975 en 1976 zouden ze winnen.

In de National League West stonden ze twee wedstrijden voor op de Dodgers. Zoals gewoonlijk was er een groot publiek op afgekomen, en de meesten vroegen zich af of de knuppel van Joe Castle in de All-Star-pauze was afgekoeld.

Dat was niet het geval. Joe sloeg in zijn eerste slagbeurt meteen een homerun en miste ook bijna geen enkele bal in de vierde inning. Hij scoorde drie op vier in wedstrijd één; twee op vijf in wedstrijd twee; twee op vier in wedstrijd drie; een op drie in wedstrijd vier. De teams eindigden gelijk, en de Reds zouden daarna negenennegentig wedstrijden winnen en kampioen van de National League West worden. In deze vier wedstrijden scoorde Joe acht op zestien, en zijn slaggemiddelde zakte naar .661.

Plotseling kwam er nog een obscuur record in zicht. In 1941 had een nieuweling bij de Reds, een zekere Chuck Aleno, een duizelingwekkend debuut gemaakt door in zijn eerste zeventien wedstrijden honkslagen te maken, een record dat had standgehouden tot 1973. Aleno ging daarna sterk achteruit en verliet de honkbalsport drie jaar later, nadat hij slechts honderdachttien wedstrijden had gespeeld en een slaggemiddelde van .209 had behaald. De experts voorspelden natuurlijk dezelfde instorting voor Joe Castle.

Joe's zestiende wedstrijd was in Pittsburgh, en hij begon in de eerste helft van de eerste inning meteen met een *stand-up triple*. Het publiek – en de Cubs trokken op tournee veel toeschouwers – applaudisseerde beleefd. Pirates-supporters waren verwend met spelers als Roberto Clemente, Willie Stargell en Al Oliver, en ze wisten alles van honkbal. Ze zagen dat er geschiedenis werd geschreven, en hoewel ze een overwinning wilden, duimden ze ook voor die nieuwe jongen. De tweede wedstrijd ging tot veertien innings; Joe maakte vijf honkslagen in zeven slagbeurten. In zijn zeventiende wedstrijd evenaarde hij Aleno's record met een homerun en brak het toen in zijn achttiende met twee tweehonkslagen.

Toen de Cubs uit Pittsburgh vertrokken om een serie van drie wedstrijden in Montreal te spelen, had Joe negentien wedstrijden gespeeld, had hij in elk daarvan een honkslag of homerun geslagen en een schitterend slaggemiddelde van .601, met veertien homeruns en zeventien gestolen honken. Er sneuvelden nog steeds records. De honkbalsport had nooit zo'n vliegende start van een nieuweling meegemaakt.

De Cubs waren het meest besproken team van alle honkbalclubs. In het oosten stonden ze zes wedstrijden voor op de Pirates.

De *Sports Illustrated* van 6 augustus had op het omslag het glimlachende gezicht van Joe Castle. Je zag hem van zijn middel tot zijn kruin. Een honkbalknuppel liep langs de hele lengte van zijn brede schouders en hij hield beide uiteinden stevig vast. Zijn biceps bolden voldoende op – het was een toonbeeld van rauwe kracht. In grote letters stond boven de foto: CALICO JOE. En onder zijn borst: HET FENOMEEN.

De journalist was in Calico Rock geweest. Hij had gepraat met Joe's familie, vrienden en vroegere coaches en teamgenoten. Het was een grondig, eerlijk en evenwichtig artikel, het eerste dat diepgaande informatie over Joe verschafte. Een waardevolle bron was Clarence Rook, sportredacteur van de *Calico Rock Record* en officieus honkbalhistoricus van Izard County, Arkansas.

9

Clarence Rook verzoekt me de redactie van de krant aan Main Street te verlaten, en dat doe ik. Ik neem twee bolletjes vanilleijs in een ijssalon twee deuren verder en luister naar de gesprekken van voorbijgangers die langzaam over het trottoir lopen. Na een uur rijd ik drie blokken naar het westen en de helling op naar het huis op 130 South Street, waar Rook al eenenveertig jaar woont. Hij staat op de veranda te wachten en heeft zijn drinkkleren al aan.

Het is een groot, oud negentiende-eeuws huis met brede overdekte veranda's, hoge boogramen en gevelelementen in verschillende kleuren, vooral zacht maïsgeel. Het kleine gazon en de bloembedden zijn even netjes en kleurrijk als het huis.

'Een mooi huis,' zeg ik als ik het zwaaihekje in een witte paaltjesomheining passeer.

'Het is een afdankertje van de familie van mijn vrouw. Welkom.'

Hij draagt een wit linnen overhemd met een achterpand dat bijna tot zijn knieën valt, een wijde witte broek waarvan de pijpen op zijn blote enkels worden samengedrukt, en afgedragen, versleten espadrilles. Hij heeft een hoog, smal drinkglas met een rietje in zijn rechterhand en met zijn linker zwaait hij naar de zijveranda en zegt: 'Kom mee. Fay is ergens achter.' Ik volg hem over de krakende planken en onder de snorrende plafondventilatoren door. De veranda staat vol met witte rieten meubels – schommelstoelen, krukken, dranktafels, een lange schommelbank met kussens.

Fay is mevrouw Rook, een kwiek vrouwtje met wit haar en een bril met oranje montuur en grote, ronde glazen. Ze verwelkomt me omstandig en neemt mijn hand in haar beide handen, alsof ze in geen jaren een gast heeft gehad. 'Uit Santa Fe?' zegt ze. 'Ik ben gek op Santa Fe. Daar woonde de fascinerendste vrouw die ik graag zou hebben ontmoet.'

'En dat is?'

'Nou, Georgia O'Keeffe natuurlijk.'

'Fay schildert,' voegt meneer Rook eraan toe, al is dat wel duidelijk. We staan intussen op de achterveranda, hoog boven de White River in de verte, en ongemerkt ben ik in het atelier van een heuse schilderes terechtgekomen. Stapels ezels, rekken met perfect gerangschikte verfflessen, bakken met kwasten in alle soorten en maten. Enkele werken van haar geven blijk van een impressionistische fascinatie voor bloemen en landschappen.

'Wil je iets drinken?' vraagt meneer Rook terwijl hij naar een kleine bar loopt.

'Ja, graag.'

'Het huisdrankje is gin-citroen,' zegt hij terwijl hij een geel mengsel uit een kan in een glas met ijs giet. Ik heb nooit van gin-citroen gehoord, maar het is duidelijk dat ik niet de keuze uit verschillende cocktails krijg.

'Dat spul is afschuwelijk,' zegt mevrouw Rook, die met haar ogen rolt alsof de oude baas niet goed snik is. Hij reikt me het glas aan en zegt: 'Het is geen echte gin-citroen, want dan moet je echte gin hebben met een beetje citroensap, wat afschuwelijk klinkt, maar dit is eerder limonade met een beetje Gordon's om het wat pit te geven. Cheers.'

We klinken met onze glazen en ik neem een slok. Niet slecht. We slenteren naar de zijveranda en gaan in de rieten meubels zitten. Mevrouw Rook is een toonbeeld van felle kleuren. Haar witte haar vertoont boven het linkeroor een vleugje purper. Haar teennagels zijn roze gelakt. Haar katoenen, kreukvrije jurk is een collage van rode en blauwe tinten. 'Je moet blijven eten,' zegt ze. 'We eten uit de tuin. Alles is vers. Geen vlees. Is dat goed?'

Het is onmogelijk de uitnodiging beleefd af te slaan, en bovendien heb ik al geconstateerd dat het weleens moeilijk zou kunnen zijn een goed restaurant in Calico Rock te vinden. Ik heb ook geen motel gezien.

'Als u erop staat,' zeg ik, en zo te zien kan ze haar geluk niet op.

'Ik ga de pompoen plukken,' zegt ze. Ze springt overeind en loopt vlug weg.

We nippen van onze drankjes en praten over de warmte en vochtigheid, maar algauw brengen we het gesprek op belangrijker zaken. Hij begint: 'Je moet begrijpen, Paul, dat Joe erg door de Castles in bescherming wordt genomen. Als je hem zou ontmoeten, laten we zeggen bij toeval, bijvoorbeeld op straat, al zal dat niet gebeuren want je ziet Joe bijna nooit in het dorp, maar goed, als je hem tegen het lijf liep en hem gedag probeerde te zeggen, zou hij gewoon weglopen. Ik kan me niet voorstellen dat Joe met een vreemde praat. Dat gebeurt gewoon niet. In de loop van de jaren is hier weleens een journalist geweest die een verhaal wilde schrijven. Lang geleden zijn er een paar stukken geschreven, en daarin stonden dingen die niet zo prettig waren.'

'Zoals?'

'Joe heeft hersenletsel. Joe is invalide. Joe is verbitterd. Enzovoort. De familie staat erg wantrouwig tegenover iedereen die hierheen komt om met Joe te praten. Daarom zullen ze een gesprek met hem nooit toestaan.'

'Kan ik met zijn broers praten?'

'Wie ben ik? Je bent op jezelf aangewezen, maar ik zou het je niet aanraden. Red en Charlie zijn best aardig, maar ze kunnen ook keiharde kerels zijn. En als het op hun jongere broer aankomt, moet je met ze oppassen. Net als veel mensen hier hebben ze wapens. Jachtgeweren en zo.'

De gin-citroen is intussen gezakt en ik wil het gesprek op iets anders dan vuurwapens brengen. Ik neem een grote slok, Rook doet dat ook, en enkele ogenblikken is er niets anders te horen dan het snorren van de plafondventilatoren. Ten slotte vraag ik: 'Hebt u hem op Wrigley zien spelen?'

Er komt een brede, nostalgische glimlach op zijn gezicht, en hij knikt. 'Twee keer. Fay en ik zijn die zomer in het begin van augustus naar Chicago gereden. Het stuk in *Sports Illustrated* was net verschenen en de wereld kon niet genoeg van Joe Castle krijgen.'

'Hoe kwam u aan kaartjes?'

'Via de zwarte handel. Er waren hier veel mensen die heel graag naar Chicago wilden om een wedstrijd te zien, maar iedereen zei dat je geen kaartjes kon krijgen. Joe kreeg er elke wedstrijd een handjevol, en daar werd altijd om gevochten. Ik weet nog dat ik op een ochtend in het dorp koffie zat te drinken en dat Herbert Mangrum binnenkwam. Hij had wat geld, en hij was net naar Pittsburgh gevlogen om naar de Cubs te kijken. Hij zei dat hij daar aan een zwarthandelaar driehonderd dollar voor twee kaartjes had moeten betalen. Herb was een man van veel woorden. Hij raakte er maar niet over uitgepraat dat hij Joe in Pittsburgh had gezien.'

'En dus reed u zonder kaartjes naar Chicago?'

'Dat klopt, maar ik kende daar iemand. We hadden geluk en kregen twee wedstrijden te zien. Na de eerste sprak ik met Joe. De jongen was in de zevende hemel. We waren zo trots.'

'Welke wedstrijden?'

'Die van 9 en 10 augustus, tegen de Braves.'

'Dan hebt u de grote sensatie gemist. Hij ging er de volgende dag uit.'

Rook likt over zijn lippen, houdt zijn hoofd schuin en kijkt me vreemd aan. 'Je bent goed op de hoogte, hè?'

'Ja, meneer.'

'Wil je ophouden met dat "meneer" en "u"? Ik ben Clarence en mijn vrouw heet Fay.'

'Oké, Clarence. Wat wil je weten over de korte, gelukkige en tragische carrière van Joe Castle?'

'Hoeveel wedstrijden heeft hij in de major league gespeeld?' vraagt Clarence, die het antwoord wel weet.

'Achtendertig, maar ik heb de score van elk van die wedstrijden. Hij zou er drieënveertig hebben gespeeld als hij op 11 augustus niet van het veld was gestuurd, de dag nadat jullie hem zagen spelen.'

Clarence glimlacht, knikt, neemt een grote slok en zegt: 'Je hebt het mis, Paul. Hij zou drieduizend wedstrijden hebben gespeeld als hij niet op zijn hoofd was geraakt.' Hij zet zijn glas op de tafel, staat op en zegt: 'Ik ben zo terug.'

Hij komt terug met een doos die hij naast zijn bank op de vloer zet. Hij haalt er vier ordners uit, alle vier precies hetzelfde en perfect ingedeeld. Hij legt ze op de rieten tafel en zegt: 'Dit is het boek dat ik nooit heb geschreven, het verhaal van Joe Castle. Vele jaren geleden begon ik aan het eerste hoofdstuk, en daarna heb ik het weggelegd. Let wel, dit is niet mijn enige onvoltooide project, er zijn er vele, en ik neem aan dat de wereld een betere plek is doordat ik geneigd ben dingen uit te stellen.'

'Hoe kan een krantenjournalist iets uitstellen? Jullie hele leven draait toch om deadlines?'

'Ja, om sommige deadlines, maar omdat we de hele dag naar de kalender kijken, stellen we andere projecten vaak uit.'

'Waarom heb je dat boek niet geschreven?'

'In werkelijkheid kwam het door de familie. Ik praatte een keer met Red en hij vond het geen goed idee. In zo'n klein dorp als dit moet je geen vijanden maken, en als de familie niet wilde meewerken, was het niet de moeite waard om het boek te schrijven.' Hij bladert in de tweede ordner en vindt het tabblad van 11 augustus 1973. 'Kom hier eens zitten,' zegt hij, en hij klopt op een plaats naast hem. Ik ga daar zitten en kijk in de ordner. Ik ben erg benieuwd naar zijn research.

'Dit is een van mijn favoriete verhalen,' zegt hij. Hij wijst me een artikel in de *Tribune* aan over Joe die uit het veld wordt gestuurd omdat hij de werper aanvalt. Er staat een grote foto van een vechtpartij bij. 'In het begin van augustus van die zomer gooiden de werpers steeds meer ballen recht op Joe af. Dat krijg je nou eenmaal als je een nieuweling bent, vooral wanneer je het goed doet. Maar de Cubs hadden Ferguson Jenkins en Rick Reuschel, twee gespierde kerels die hard gooiden en erom bekendstonden dat ze hun slagmannen beschermden. Volgens sommige geruchten hadden Jenkins, Reuschel en andere Cubs-werpers het nieuws verspreid dat ze snel wraak zouden nemen als Joe werd geraakt. Het bleek dat Joe geen hulp nodig had. De Braves hadden een middelmatige linkshandige werper, een zekere Dutch Patton, een grote, dikke kerel, een meter drieënnegentig of zo, en de eerste keer maakte Joe een tweehonkslag en stal hij het derde honk. We waren nog in Chicago, maar konden geen kaartjes voor de wedstrijd krijgen en zagen hem dus op tv. Toen Joe in de derde inning aan slag was, gooide Patton de bal naar zijn hoofd en raakte hij hem bijna. In de dug-out van de Cubs gingen ze compleet uit hun dak. Er dreigden rellen uit te breken onder de supporters. Joe schreeuwde iets naar Patton en die schreeuwde iets terug. De plaatscheidsrechter werd erbij gehaald. Het was een heel gespannen situatie. Joe ging weer op de plaat staan, zette zich schrap, en Patton haalde uit. Net toen hij de bal liet gaan, liet Joe zijn knuppel vallen en rende hij naar de werpheuvel. Hij was zo snel dat hij iedereen – ook Patton en de achtervanger, Johnny Oates – volkomen verraste. Ik heb de filmbeelden wel honderd keer gezien, en het was niet niks. Patton haalde met zijn handschoen uit naar Joe, die wegdook en een rechtse op Pattons mond liet neerkomen. Met een linkerhoekstoot tegen de neus kreeg hij Patton tegen de vlakte, en daarna gaf Joe hem als een pneumatische hamer nog vijf stoten in zijn gezicht, allemaal tot bloedens toe. Patton ging het veld af op een brancard, werd pas zes uur later wakker en kon een maand niet werpen. Johnny Oates kreeg Joe uiteindelijk van de man af, en intussen waren er veertig spelers op het veld aan het vechten. De vechtpartij duurde tien minuten, en er werden zeven of acht spelers uit het veld gestuurd. Joe werd geschorst voor vijf wedstrijden en de Cubs verloren alle vijf.'

Terwijl hij praat, luister ik aandachtig en blader in de ordner. Ik heb een kopie van het *Tribune*-verhaal, samen met de foto, maar mijn kleine plakboek over Joe Castle is niets in vergelijking met wat ik nu voor me heb liggen. Ik ken het verhaal van Joe's wraak op Dutch Patton, en er is Clarence geen enkel detail ontgaan.

'Weet je wat ik zo gek vind? Ik had Joe datzelfde al eerder zien doen,' zegt Clarence nu.

'Wanneer?' vraag ik, als hij wacht tot ik aandring.

'Toen hij zeventien was, deed hij het in een schoolwedstrijd tegen Heber Springs. Allemaal scouts langs het veld, allemaal om naar Joe te kijken. De eerste keer dat hij aan slag was, sloeg hij een bal over de lichten in het rechtsveld. De tweede keer gooide de werper de bal naar zijn hoofd. Joe bleef rustig wachten. Als je de werper aanvalt, moet je uitkijken dat je niet door de achtervanger wordt getackeld. Alle drie de Castle-jongens begrepen dat nogal elementaire onderdeel van het spel. Joe wachtte tot de volgende bal werd gegooid en rende toen op de heuvel af. Het zag er niet mooi uit. Het waren tieners, en de banken liepen niet zo snel leeg als in de major league...' Clarences woorden sterven weg, alsof hij het verhaal niet wil afmaken.

'Heeft hij de werper pijn gedaan?'

'Laten we zeggen dat die jongen een paar dagen niet heeft geworpen, misschien wel weken niet, misschien wel nooit meer, ik weet het niet, maar ik weet wel dat hij nooit meer een bal op de man heeft gegooid. Joe was geen vechtersbaas, integendeel; het was een heel aardige jongen. Maar hij hield er niet van als ze ballen naar zijn hoofd gooiden.'

'Wie maakte een eind aan het gevecht?'

'De scheidsrechters. Geen enkele speler van het andere team wilde in de buurt komen.'

Ik blader heen en weer en zie het omslag van *Sports Illustrated*. 'Ik wed dat dit hier in het dorp ook voor de nodige opwinding heeft gezorgd.'

'O ja. Niet dat er die zomer gebrek aan opwinding was. Iedereen in het dorp wilde met de journalist praten. Laat me je nog eens inschenken, Paul.' Hij loopt met beide glazen naar de achterveranda. Ik loop achter hem aan en kijk in de keuken, waar Fay aubergines aan het snijden is. Als de drankjes klaar zijn, stopt Clarence zijn pijp weer en steekt hem aan. Met een nieuwe gin-citroen in de hand lopen we de achtertrap af en kijken naar de White River.

'Waar kwam die bijnaam eigenlijk vandaan?' vraag ik.

Clarence grinnikt en neemt een slokje. 'Uit *Sports Illustrated*, denk ik. Dat is de eerste keer dat ik ooit van Calico Joe hoorde. Maar die naam bleef hangen. De journalisten in Chicago bedachten hem en gingen ermee door. Een halve eeuw eerder hadden ze Shoeless Joe gehad, dus ik neem aan dat ze er geen weerstand aan konden bieden.'

'Het is zo'n perfecte bijnaam.'

'Dat is het, of was het.'

We kijken naar twee mannen in een boot die hun lijnen uitwerpen en zich met de stroom mee laten voeren.

'Wat doet Joe hier in het dorp?' vraag ik.

'Hij onderhoudt zijn honkbalveld.'

'Zijn veld?'

'Ja. Het Joe Castle Field, bij de middelbare school. Hij maait elke morgen het gras. Hij harkt de grond aan, verwijdert onkruid, houdt de krijtstrepen bij, veegt de dug-outs schoon en is in het algemeen vijf dagen per week bezig op het veld. Als het sneeuwt, haalt Joe de sneeuw van de tribunes. Als het regent, zit hij in de dug-out aan de kant van het derde honk en kijkt hij naar de plassen op het binnenveld. Als het ophoudt met regenen, verspreidt hij de aarde zo dat er de volgende keer geen plassen komen. Ongeveer in deze tijd van het jaar, als de zomerwedstrijden voorbij zijn, schildert hij beide dug-outs en de persbox. Het is zijn veld.'

'Kan ik hem morgen spreken?'

'Nogmaals: daar ga ik niet over. Je mag doen wat je wilt.'

'Maar zou hij met me willen praten?'

'Dat heb ik al uitgelegd, Paul. Joe praat niet met vreemden.'

'Zou hij met mijn vader willen praten, als ik hem hierheen bracht?'

Clarence hoestte en keek me aan alsof ik zijn vrouw had beledigd. 'Ben je gek?'

'Misschien wel. Hij is stervende, Clarence, en ik zou graag willen dat die twee mannen met elkaar praten voordat hij doodgaat.'

'Waarover praten?'

'Dat weet ik niet precies, maar ik zou heel graag willen dat mijn vader zijn verontschuldigingen aanbiedt.'

'Heb je dit met je vader besproken?'

'Nee, nog niet, en voordat ik het doe moet ik weten of Joe bereid is tot een ontmoeting.'

'Ik betwijfel sterk of dat zal gebeuren, Paul. En Warren Tracey zou een grote fout maken als hij zich in Calico Rock vertoonde. Dat zou tot grote moeilijkheden kunnen leiden.'

10

Het duurde een week voordat het blauwe oog wegtrok, en het grootste deel van die tijd bracht ik in mijn kamer door, waar ik las en in de spiegel keek. Mijn vader kwam twee keer naar me toe om stuntelig te proberen vrede te sluiten, maar ik was niet in de stemming. Als je een klap krijgt van je vader duurt de pijn veel langer dan de blauwe plekken. Gelukkig verlieten de Mets de stad voor een lange tournee. Ik waagde me mijn kamer uit en probeerde van de laatste maand van de zomervakantie te genieten.

Op 8 augustus schakelden de Mets in Houston de Astros uit. Mijn vader wierp zeven innings, liet drie honkslagen passeren, hoefde maar twee man een vrije loop te geven en won zijn vijfde wedstrijd van het seizoen. Ik luisterde in de huiskamer naar de wedstrijd en noteerde zoals gewoonlijk alles wat er op het veld gebeurde op mijn officiële Mets-scorekaart. Ik wist dat het zijn beste wedstrijd in vele jaren was, en toen Lindsey Nelson en Ralph Kiner aardige dingen over mijn vader zeiden, voelde ik me onwillekeurig een beetje trots, zij het met tegenzin. Ik ging net naar bed toen hij naar huis belde en over de wedstrijd wilde praten. We bleven een halfuur aan de telefoon. Hij vertelde over de hoogtepunten van de wedstrijd en gaf geduldig antwoord op mijn vragen, en toen we elkaar uiteindelijk welterusten wensten, was ik zo opgewonden dat ik bijna niet in slaap kon komen. Vier dagen later wierp hij een hele wedstrijd en beperkte hij de schade tot vier honkslagen. Dat was in een wedstrijd tegen de Padres, zijn tweede keer winst op rij, een zeldzaam wapenfeit voor Warren Tracey. Omdat hij aan de westkust was, belde hij me niet na de wedstrijd, maar de volgende ochtend vanuit zijn hotelkamer. We praatten bijna een uur.

Mijn moeder was blij omdat ik blij was, maar ze stond ook argwanend tegenover zijn plotselinge belangstelling voor mij. Mijn blauwe plekken waren weg en de emotionele littekens waren ook aan het verdwijnen, tenminste, dat dacht ik.

In de kranten uit New York werd nog steeds een verwoede discussie gevoerd over Warren Tracey en de vraag of hij moest worden opgesteld. Zijn twee achtereenvolgende keren winst brachten zijn critici enigszins tot zwijgen, maar leverden hem ook geen steun op. De Mets kwamen tot leven, al zag het ernaar uit dat geen enkel team ooit de Cubs zou kunnen inhalen. Joe Castle was nog de grote sensatie in Chicago en overal waar hij maar speelde.

Ik maakte de berekeningen wel tien keer, en als zich geen plotselinge veranderingen voordeden in het wedstrijdschema, de opstellingen, blessures of verstoring door weersomstandigheden, zouden de Cubs op vrijdag 24 augustus in het Shea Stadium arriveren. Joe Castle zou zijn debuut in New York maken, en mijn vader zou op de werpheuvel staan. De Cubs zouden in het oosten op de eerste plaats staan, en de Mets naar alle waarschijnlijkheid op de tweede. Als ik daarover nadacht, en dat deed ik in die augustusmaand minstens tien keer per dag, lag mijn maag meteen in de knoop en kon ik zelfs geen water doorslikken. Warren Tracey tegen Joe Castle. Mijn gevoelens voor mijn vader waren hopeloos tegenstrijdig en verward. Voor het grootste deel had ik een hekel aan hem, maar hij was ook mijn vader, en hij was een profhonkballer en werper voor de New York Mets! Hoeveel elfjarige jongens konden dat zeggen? We woonden in hetzelfde huis. We hadden dezelfde voorouders, dezelfde naam, hetzelfde adres. Als hij succes had, of juist niet, had dat rechtstreekse gevolgen voor mij. Ik was gek op zijn ouders, al kreeg ik die zelden te zien. Hij was mijn vader, verdomme! Ik wilde dat hij won.

Niettemin draaide de honkbalwereld om Joe Castle. Hij trok overal volle tribunes, en ook tijdens de trainingen die aan wedstrijden voorafgingen zaten de tribunes vaak vol. Hij werd zo verwoed door journalisten achtervolgd dat hij zich voor hen schuilhield. Als hij op tournee was, kwamen er zwermen supporters op de hotels van de Cubs af, in de hoop een handtekening te krijgen of zelfs maar een glimp van hem op te vangen. Jonge vrouwen stuurden allerlei voorstellen – huwelijk en anderszins. Zijn teamgenoten en coaches bedachten trucs om zijn privacy te beschermen. Buiten het veld heerste de waanzin, maar binnen de krijtlijnen bleef Joe Castle spelen als een kind op een veldje. Hij rende achter foutballen aan, dook de tribune in, veranderde lome, enkele honkslagen in tweehonkslagen, sloeg twee keer een bunt, verijdelde dubbelspelen, liep op elke hoge bal naar het buitenveld, had meestal het vuilste tenue als de wedstrijd voorbij was en sloeg intussen ook nog ballen naar alle hoeken van het veld.

Het idee dat Joe het tegen mijn vader zou opnemen, was bijna onvoorstelbaar, maar in de loop van de lange, warme augustusdagen dacht ik aan niets anders. Mijn vrienden probeerden kaartjes van me los te krijgen. De vier wedstrijden tegen de Cubs waren uitverkocht. New York wachtte.

De schorsing voor vijf wedstrijden die hij had gekregen omdat hij Dutch Patton tegen de vlakte had geslagen, liep af op 17 augustus, en met zijn talent voor dramatiek keerde Joe naar een luidruchtig Wrigley Field terug voor een middagwedstrijd tegen de Dodgers. Hij sloeg een honkslag in de eerste inning, een tweehonkslag in de vierde, een driehonkslag in de zevende, en toen hij in de tweede helft van de negende inning op de plaat ging staan, had hij alleen nog een homerun nodig om de cyclus compleet te maken. De Cubs hadden een homerun nodig om de wedstrijd te winnen. Met zijn rechterhand sloeg hij een *bloop single* langs de rechtsveldlijn, en toen die langzaam naar de muur rolde, was de race begonnen. Ron Santo scoorde gemakkelijk vanaf het tweede honk en bracht de stand daarmee gelijk, en toen Joe naar het derde honk sprintte, negeerde hij het teken van de coach om te stoppen. Hij vertraagde geen moment. De korte stop nam de bal over, keek naar het derde honk, waar Joe er met gemak een driehonkslag van zou hebben gemaakt, en aarzelde toen hij hem naar de thuisplaat zag rennen. De worp was perfect, en de achtervanger, Joe Ferguson, ving hem en blokkeerde de plaat. Ferguson was een meter vijfentachtig en woog bijna honderd kilo. Joe was ook een meter vijfentachtig en woog vierentachtig kilo. In een fractie van een seconde besloot geen van tweeën ook maar een duimbreed te wijken. Joe boog zijn hoofd, sprong omhoog en dreunde tegen Ferguson aan. Het was een daverende botsing en beide spelers smakten tegen de grond. Joe zou met een meter uit zijn geweest, maar de bal was losgeraakt en rolde door het gras.

Het was een homerun waarbij de bal het veld niet had verlaten, zijn eerste, en het was een wonder dat Ferguson en hij weer opstonden, al deden ze dat allebei nogal langzaam.

Na eenendertig wedstrijden had hij tweeënzestig honkslagen in honderdnegentien slagbeurten, met achttien homeruns en vijfentwintig gestolen honken. Hij had maar één fout op het eerste honk gemaakt en was maar zes keer uitgegaan. Zijn slaggemiddelde van .521 was met gemak het hoogste in de major league, al had hij niet genoeg slagbeurten gehad om voor de officiële ranking in aanmerking te komen. Zoals verwacht, ging zijn gemiddelde langzaam omlaag.

Ty Cobb, de grootste slagman aller tijden, had in zijn hele carrière een gemiddelde van .367 gehaald. Ted Williams .344. Joe DiMaggio .325. Joe Castle werd nog niet met de groten vergeleken, maar geen enkele nieuweling had ooit .521 geslagen in honderdnegentien slagbeurten.

Op 20 augustus speelden de Mets thuis tegen de Cardinals, en mijn vader wierp als eerste. Nadat hij twee wedstrijden achtereen had gewonnen, had hij een wedstrijd tegen de Dodgers verloren en hadden de Giants het hem moeilijk gemaakt, al had hij wel gewonnen. Hij stond op zes en zeven, en hij had een goed gevoel bij deze wedstrijd. Na zijn bananenmilkshake vroeg hij me of ik met hem naar het Shea Stadium wilde rijden. Dat betekende natuurlijk dat ik uren voor de wedstrijd in de kleedkamer en de dug-out en op het veld zou mogen rondhangen. Ik greep de kans meteen aan. Hij beloofde dat hij me na de wedstrijd naar huis zou brengen, wat natuurlijk betekende dat hij niet naar de cafés zou gaan. De spanning in huis was enigszins afgenomen. Mijn ouders waren beleefd tegen elkaar, in elk geval waar Jill en ik bij waren. Voor ons onzekere kinderen maakte dat de zaak er alleen maar verwarrender op.

Ik zat in de dug-out van de Mets naar de slagoefeningen van de Cardinals te kijken, nam alle beelden en geluiden in me op en genoot van die zeldzame ogenblikken, toen Willie Mays voorbij kwam lopen en zei: 'Hé, jongen, wat voert jou hierheen?'

'Mijn vader werpt,' zei ik, van ontzag vervuld.

'Tracey?'

'Ja, meneer.'

En toen kwam Willie Mays naast me op de bank zitten alsof hij alle tijd van de wereld had. Hij zei: 'Ik kan me je naam niet herinneren.'

'Paul Tracey,' zei ik.

'Leuk je weer te zien, Paul.'

Ik probeerde iets te zeggen, maar verstijfde.

'Je vader werpt tegenwoordig goed,' zei hij. 'Ik meen dat hij me heeft verteld dat jij ook werper bent.'

'Ja, meneer, maar ons seizoen is voorbij. Ik word volgend jaar twaalf.'

Lou Brock stond voor de Cardinals in de kooi en gooide

honkballen in alle richtingen. We zagen hem een stuk of tien keer uithalen, en toen sprak Willie tegen een andere speler die voor ons langsliep. Toen we weer alleen waren, zei hij: 'Weet je, ik heb nooit willen werpen. Om daar succes mee te hebben ben je afhankelijk van te veel andere spelers. Je kunt een geweldige dag op de heuvel hebben, en dan maakt iemand een fout en verlies je de wedstrijd, weet je?'

'Ja, meneer.' Ik zou het eens zijn met alles wat Mays te zeggen had.

'Of je gooit er twintig uit, laat twee honkslagen door, en verliest de wedstrijd met 1-0. Begrijp je wat ik bedoel, Paul?'

'Ja, meneer.'

'Daar komt nog bij dat ik nooit iemand uit zou kunnen gooien. Dat is moeilijk wanneer je probeert te werpen.'

'Ik heb dat probleem ook weleens gehad,' zei ik, en Willie Mays schoot in de lach. Hij tikte me op mijn knie en zei: 'Veel succes, Paul.'

'Dank u, meneer Mays.'

Hij sprong overeind en riep naar een van de Cardinals. Ik keek een hele tijd naar mijn knie en nam me voor om die spijkerbroek nooit meer te wassen. Een paar minuten later kwamen Wayne Garrett en Ed Kranepool bij me in de buurt naar de slagoefeningen zitten kijken. Ik schoof een beetje dichter naar hen toe om te horen wat ze zeiden.

'Heb je gehoord wat Castle vandaag heeft gedaan?' vroeg Garrett, kauwgom kauwend.

'Nee,' antwoordde Kranepool.

'Vier op vier met twee tweehonkslagen, met Don Sutton als werper.'

'Sutton?' vroeg Kranepool ongelovig.

'Ja. Ik dacht dat Castle langzaam achteruitging.'

'Blijkbaar niet. Het zal hier een wild weekend worden. Heb je extra kaartjes?'

'Ben je gek?'

Ik zat acht rijen bij het veld vandaan, dicht bij de dug-out van de Mets. Mijn vader gaf in de eerste inning een homerun aan Joe Torre, maar begon daarna goed te werpen. In de eerste helft van de zevende inning, toen de Mets met 5-2 voor stonden, had hij geen energie meer, en toen Yogi Berra hem verving, kreeg hij een indrukwekkende ovatie van het publiek. Ik stond op en klapte en schreeuwde zo hard mogelijk. Hij tikte tegen zijn pet voor me en op dat moment besefte ik hoe graag ik hem wilde bewonderen.

Hij stond op zeven en zeven. De volgende keer dat hij zou werpen, zou het tegen de Cubs zijn.

11

Na twee glazen gin-citroen voel ik me goed genoeg en wil ik niet meer. Blijkbaar doet de drank Clarence niet veel, en als hij zijn derde gaat halen, weiger ik en vraag ik om water. Fay is druk bezig. Ze kookt het eten en dekt de tafel op de achterveranda. De zon staat laag en de laatste stralen glinsteren op de White River beneden ons. Clarence en ik zitten onder een esdoorn naast de moestuin en praten over de Castle-jongens.

Hun opa, Vick Castle, tekende in 1906 bij de Cleveland Indians en speelde na vijf jaar in de major league, zij het nog geen maand. Na tien wedstrijden werd hij weggestuurd. Aan het eind van het seizoen werd hij geruild, en daarna brak hij een enkel en raakte zijn carrière in het slop. Hij keerde naar Izard County terug en was bedrijfsleider van een houtzagerij, totdat hij op vierenveertigjarige leeftijd overleed. Bobby, zijn enige zoon en Joe's vader, tekende in 1938 bij Pittsburgh en stond in 1941 met honkslagen en binnengeslagen punten nummer één in de AAA International League. Hij zou in 1942 bij de Pirates op het derde honk beginnen, maar de oorlog kwam ertussen. Hij ging bij de marine en werd naar de Stille Oceaan gestuurd, waar een landmijn hem de helft van een van zijn benen kostte.

Zijn oudste zoon Charlie tekende vanuit de middelbare school bij de Washington Senators en speelde zes jaar in de minor leagues voordat hij het genoeg vond. Red, de middelste broer, tekende in 1966 bij de Phillies, maar kon niet uit de single A komen. Hij stopte ermee, nam dienst bij de mariniers en ging twee keer naar Vietnam.

Clarence mag het verhaal graag vertellen en doet het allemaal uit zijn hoofd. Ik sta versteld van zijn geheugen, al kan ik niet nagaan of de feiten allemaal kloppen. Op de een of andere manier geven zijn twinkelende ogen en borstelige wenkbrauwen me het gevoel dat de man de zaken graag mag aandikken. Maar dat doet er niet toe. Hij vindt het heerlijk om te praten en verhalen te vertellen, en de familie Castle is natuurlijk een favoriet onderwerp. Ik ben blij dat ik daar ben en het allemaal te horen krijg.

'Zelfs toen Charlie en Red al speelden,' vertelt hij, 'praatte iedereen al over Joe. Toen hij een jaar of tien was, een klein kereltje nog, sloeg hij vier homeruns in een wedstrijd tegen Mountain Home. Dat was de eerste keer dat hij in de krant kwam. Ik ben naar het archief geweest om het op te zoeken. In 1973 vroeg iedereen me om achtergrondinformatie over Joe Castle. Ik heb de halve zomer in oude kranten zitten zoeken. Toen hij twaalf was, bracht hij onze All-Stars naar een derde plaats in Little Rock, en toen maakte ik een heel voorpaginaverhaal over het team, met grote foto en al. Toen hij dertien was, speelde hij niet meer bij de jeugd en zat hij de hele zomer in een mannenteam. Joe speelde op het eerste honk, Red op het tweede, en ze waren drie en vier in de slagvolgorde. Ze moeten wel honderd wedstrijden hebben gespeeld. In die tijd gingen we beseffen dat hij weleens heel bijzonder zou kunnen zijn. De scouts begonnen te komen toen hij vijftien was. Charlie speelde in de minor league, en Red ook, maar iedereen praatte over Joe. In mei 1968 versloeg ik een wedstrijd in de staats play-offs in Searcy, en toen sloeg hij een bal die op een schoolbus op een parkeerterrein terechtkwam, honderdtwintig meter bij de thuisplaat vandaan. Kun je je dat voorstellen? Een jochie van zestien die een homerun van honderdtwintig meter slaat, met hout, niet met aluminium. Het kwijl liep de scouts uit de mond. Ze schudden ongelovig hun hoofd. Het was verbijsterend.'

'Clarence, het eten is klaar,' roept Fay vanaf de veranda, en we verspillen geen tijd. Het is alweer acht uur geleden dat ik als lunch de sandwich had verorberd. Recht onder een plafondventilator heeft Fay een mooi, rond tafeltje gedekt, met in het midden een vaasje verse bloemen. Er zijn een grote schaal met tomaat-komkommer-uisalade en een schaal met gegrilde pompoen en aubergines op bruine rijst. Ze wijst naar het eten en zegt: 'Twee uur geleden hing het nog aan de plant.'

We scheppen op en beginnen te eten. Ik voel me gedwongen om ten minste een poging te doen met Fay over kunst te praten, maar zie daarvan af. Een bezoek als dit zal nooit worden herhaald, en ik wil over Joe Castle horen en praten. Na enige conversatie over mijn vrouw, dochters en werk zie ik kans het gesprek weer op koers te brengen.

'Hoe was het toen in 1970 de selecties naderden?' vraag ik.

Clarence kauwt, slikt, neemt een slokje water en zegt: 'Het was een idiote tijd. We dachten dat hij de nummer één in de selectie zou zijn, tenminste, dat hadden de scouts al twee jaar gezegd.'

'Het dorp dacht dat hij rijk zou worden,' voegt Fay daaraan toe.

'Het hoogste bedrag voor beginnelingen was in die tijd honderdduizend dollar. Voor het geval dat het je nog niet was opgevallen: dit is een klein plaatsje. De mensen praatten openlijk over wat Joe met al zijn geld zou doen. Toen gebeurde er iets vreemds. Eind mei speelde Calico Rock in de finale van het staatstoernooi in Jonesboro, en toen had Joe twee slechte wedstrijden. Hij had in tien jaar geen slechte wedstrijd gehad, en toen had hij er opeens twee achter elkaar. Sommige scouts zullen daar wel van geschrokken zijn. De Cubs namen hem in de tweede selectieronde. Ze boden hem vijftigduizend, en hij was weg.'

'Wat gebeurde er met het geld?' vraag ik.

'Hij gaf vijfduizend aan zijn kerk,' zegt Fay, 'en vijfduizend aan de middelbare school, toch, Clarence?'

'Ik geloof van wel. Er ging ook nog eens vijfduizend dollar naar een opknapbeurt van het Little League-veld, waar hij zoveel wedstrijden had gespeeld. Het schijnt dat hij de hypotheek op het huis van zijn ouders heeft afbetaald, maar dat was niet zo'n groot bedrag.'

'Dus geen glanzende nieuwe Corvette?' vraag ik.

'O nee. Hij betaalde tweeduizend dollar voor de Ford-pick-up van Hank Thatcher. Hank was net overleden en zijn vrouw verkocht dingen van hem. Ze wilde de pick-up niet, en Joe kocht hem.'

Opnieuw besef ik waarom ik niet in een dorp wil wonen. Zulke persoonlijke dingen zouden in een stad niet bekend zijn, laat staan dat erover werd gepraat.

Ik weet niet wanneer ik voor het laatst zulke verse groenten heb gegeten als die van Fay. Sara maakt gezonde maaltijden klaar, maar ik heb nooit zulke pompoen en aubergine geproefd. 'Heerlijk,' zeg ik voor de tweede of derde keer.

'Dank je,' zegt Fay gracieus. Ik zie dat ze zelf heel weinig eet. Clarence spoelt zijn eten weg met water, maar de gin-citroen staat nog in de buurt. Twee vissersboten glijden langzaam over de rivier voorbij, op weg naar het haventje onder de brug in de verte. Ons gesprek komt op Fays zus in Missouri, die terminaal kanker heeft en wil dat ze haar het komend weekend opzoeken. De kanker brengt het gesprek weer op mijn vader. 'Wanneer is de diagnose bij hem gesteld?' vraagt Fay.

'Vorige week. Het is terminaal. Nog een paar maanden, misschien weken.'

'Wat erg,' zegt ze.

'Ben je bij hem geweest?' vraagt Clarence.

'Nee, ik ga morgen. Zoals ik al zei, hebben we geen nauwe band, absoluut niet. Die hebben we ook nooit gehad. Hij is bij ons weggegaan toen zijn honkbalcarrière voorbij was en kort daarna hertrouwd. Hij is geen sympathiek mens, Clarence, niet iemand met wie je zou willen omgaan.'

'Dat wil ik wel geloven. Ik heb jaren geleden een verhaal over hem gelezen. Na het honkballen heeft hij het als golfer geprobeerd, maar dat werd een fiasco. Het schijnt dat hij onroerend goed is gaan verkopen in Orlando en omgeving. Dat werd ook geen succes. Hij bleef volhouden dat hij die bal niet naar Joe had gegooid, maar de schrijver van het artikel was sceptisch. Ik denk dat we allemaal sceptisch zijn.'

'Met reden,' zeg ik.

'Waarom?'

Ik veeg mijn mond af met een linnen servet. 'Omdat hij naar Joe heeft gegooid. Dat weet ik. Hij heeft het dertig jaar ontkend, maar ik weet de waarheid.'

Er volgt een lange stilte waarin we nog wat eten en naar het snorren van de oude plafondventilator luisteren. Ten slotte pakt Clarence zijn gin-citroen op en drinkt het glas in één keer leeg. Hij likt over zijn lippen, smakt ermee en zegt: 'Je hebt er geen idee van hoe opgewonden we waren, hoeveel het voor dit dorp betekende, en vooral voor de familie. Nadat de familie Castle al zoveel goede spelers had voortgebracht, was er nu opeens dit enorme succes.'

'Ik wou dat ik kon zeggen dat het me spijt.'

'Dat kun je niet. Trouwens, het is dertig jaar geleden.'

'Een hele tijd,' merkt Fay op terwijl ze naar de rivier kijkt. Ja, misschien een hele tijd, maar het zou nooit worden vergeten.

'Je was er zeker niet bij,' zegt Clarence.

'Toch wel. 24 augustus 1973. Het Shea Stadium.'

12

Mijn vader had een rothumeur toen hij in zijn eentje het huis verliet. Ik had er een paar keer op gezinspeeld dat ik met hem mee wilde naar het stadion, maar hij luisterde niet. De kranten uit New York maakten een hele hype van de wedstrijd, en een van de journalisten, de grootste criticus van mijn vader, noemde de opstelling 'een contrast tussen jong en oud. Warren Tracey, vierendertig jaar oud en op zijn retour, tegen Joe Castle, de beste jonge honkballer sinds de komst van Mickey Mantle in 1951'.

Jill was op kamp in de Catskills. Ik haalde mijn moeder over om een vroege trein naar de stad te nemen. Ik wilde de slagoefeningen zien en vooral mijn eerste blik op Joe Castle werpen. We stapten om halfvijf uit de metro, tweeënhalf uur voor de eerste worp, en de atmosfeer buiten het Shea Stadium was geladen. Ik verbaasde me over het grote aantal Cubs-supporters, die voor het merendeel witte shirts met rugnummer 15 droegen. Er waren gezinnen bij die zich goed gedroegen, maar er waren ook veel troepen jonge mannen die als straatbendes rondzwierven. Ze schreeuwden, dronken bier, vroegen om moeilijkheden. En die kregen ze. New York-supporters zijn verre van verlegen en gaan graag op een uitdaging in. Ik zag de politie een eind aan drie gevechten maken voordat we door de draaihekjes gingen. 'Walgelijk,' zei mijn moeder. Het zou haar laatste bezoek aan een honkbalstadion worden.

Het Shea Stadium bood plaats aan vijfenvijftigduizend toeschouwers, en het zat al voor twee derde vol toen wij onze plaatsen opzochten. De Cubs deden slagoefeningen en ze stonden met een heleboel om de kooi bij de thuisplaat heen. Ron Santo, Billy Williams en José Cardenal vormden een groepje, en terwijl ze elkaar afwisselden, keek ik naar het buitenveld tot ik hem zag. Toen hij zich omdraaide om achter een hoge bal aan te gaan, zag ik de naam Castle op de rug van zijn blauwe shirt. Hij ving de bal bij de rechterlijn en duizend kinderen schreeuwden om zijn handtekening. Hij glimlachte, zwaaide en draafde terug naar een groep Cubs, die in het midden stond en waarschijnlijk over het vrouwelijk schoon op de tribune praatte.

Intussen had ik veel beschrijvingen van Joe Castle gelezen. Toen hij nog op de middelbare school zat, waren sommige scouts bang geweest dat hij te mager was. Op zijn achttiende woog hij zevenenzeventig kilo en sommige experts vonden dat een probleem. Niettemin citeerden ze ook zijn vader, die had gezegd: 'Hij hoeft zich nog niet eens te scheren. Laat die jongen toch nog even groeien.' En hij had gelijk. In de minor league was Joe breder geworden door een combinatie van de natuur en uren gewichtentraining. Hij had brede schouders en een taille van drieëntachtig centimeter. Hij kon zijn wedstrijdbroek goed aan, en in een artikel in de *Tribune* werd geroddeld over de lawine van uitdagende post die hij van vrouwen uit het hele land kreeg.

Ik keek naar hem en het leek wel of hij over het buitenveld zweefde, terwijl de knuppels sloegen en de ballen alle kanten op vlogen. Ik zag mijn vader in zijn eentje in de dug-out van de Mets zitten en het ritueel afwerken dat hij altijd aan een wedstrijd vooraf liet gaan. Het was veel te vroeg voor hem om het veld op te gaan en strekoefeningen te doen. Toch was het vreemd dat hij in de dug-out zat. Meestal was hij twee uur van tevoren in de kleedkamer om zich te laten masseren. Anderhalf uur voor de wedstrijd trok hij zijn tenue aan. Vijfenzeventig minuten van tevoren verliet hij de kleedkamer en liep hij door de dug-out het veld op, met gebogen hoofd, want hij wilde niet naar de dug-out van de tegenstander kijken. Hoe meer ik erover nadacht, des te vreemder vond ik het. Honkballers, en vooral werpers, zijn fanatiek als het om hun rituelen gaat. Mijn vader stond op drie en één in zijn laatste zes wedstrijden, en vier dagen geleden had hij misschien wel zijn beste wedstrijd in de afgelopen vijf jaar geworpen. Waarom zou hij dingen veranderen?

Mijn moeder kocht een souvenirprogramma voor me, daarna een ijsje, en ik praatte met de supporters om me heen. Uiteindelijk liep Joe naar de dug-out van de Cubs, aan de andere kant van het veld. Hij kreeg zijn knuppels, zette zijn helm op en begon zijn spieren los te maken. Om bij de tribunes vandaan te zijn, bleef hij dicht bij de slagkooi. Toen het zijn beurt was, sprong hij erin, sloeg een paar bunts en mepte de bal daarna naar alle kanten het veld over. Ik zag mensen dichter naar de kooi toe gaan. Fotografen kozen positie en klikten zich een ongeluk. In zijn tweede ronde sloeg hij nog wat harder en kwamen de ballen steeds verder op het veld terecht. Toen hij voor de derde keer aan de beurt was, sloeg hij vanaf beide kanten van de plaat vijf keiharde ballen de tribune in, waar honderden kinderen zich verdrongen om de souvenirs te pakken te krijgen. De Cubs-supporters schreeuwden bij elke slag en ik zou ook hebben gejuicht, maar ik zat in het Mets-gedeelte van de tribune. Bovendien was mijn vader de werper die tegenover Joe zou komen te staan en leek het me niet gepast om voor Joe te juichen.

Toen hij in het begin van de eerste inning aan slag was, verwelkomden de supporters hem luidruchtig. Er was geen lege stoel in het stadion, en al meer dan een uur lang hadden de Cubs- en Mets-supporters om beurten geschreeuwd. Toen Rick Monday de bal bij de eerste worp naar de korte stop sloeg, brulde het stadion opnieuw. Twee worpen later ging Glenn Beckert uit op het rechtsveld en kon Warren Tracey niet meer stuk.

De omroeper zei: 'Nu aan slag en spelend op het eerste honk: nummer 15, Joe Castle.'

Ik haalde diep adem en beet op mijn nagels. Ik wilde kijken, maar tegelijk wilde ik mijn ogen dichtdoen en alleen maar luisteren. Mijn moeder gaf een klopje op mijn knie. Ik benijdde haar om haar onverschilligheid. Op dat cruciale moment in mijn leven, in het leven van haar man, in de levens van talloze Mets- en Cubs-supporters in het hele land, op dat geweldig geladen moment in de geschiedenis van de honkbalsport, kon het mijn moeder geen zier schelen wat er gebeurde.

Zoals te verwachten viel, was de eerste worp hoog en strak. Joe, die linkshandig sloeg, dook weg maar viel niet; hij keek ook niet kwaad naar mijn vader. Het was een simpele brushback, een worp op de man om hem te intimideren. Welkom in New York. De tweede worp werd tot slag verklaard en zag er laag uit, maar Joe reageerde niet. De derde worp was een snelle bal die hij bij ons in de tribune sloeg. De vierde worp was laag en binnen. De vijfde worp was een change-up waar Joe in trapte, maar hij zag kans er een foutbal van te maken.

Bij elke worp hield ik mijn adem in. Ik hoopte vurig dat hij uitging, en ik hoopte ook vurig op een drieslag. Waarom kon ik niet beide hebben? Nu een drieslag voor mijn vader, later een homerun voor Joe, om en om? Bij het honkballen krijg je toch altijd een nieuwe kans? Tussen de worpen door schoot dat allemaal door mijn hoofd. Mijn zenuwen dreigden elk moment te bezwijken.

De zesde worp was een boogbal die in het zand terechtkwam. Drie ballen, twee slag. Billy Williams achter hem in de rij. Het Shea Stadium trilde van spanning. De Cubs stonden met tien wedstrijden voor. De Mets lagen tien wedstrijden achter, maar ze wonnen. Mijn vader tegen de held.

Joe sloeg de volgende acht worpen een foutbal. De slagbeurt werd een dramatisch duel, waarbij geen van beide spelers ook maar een duimbreed toegaf. Warren Tracey was niet van plan hem een vrije loop te geven. Joe Castle was niet van plan om uit te gaan. De vijftiende worp was een snelle bal die er laag uitzag, maar op het laatste moment verlegde Joe zijn knuppel. Hij schepte de bal als het ware op en sloeg hem naar het rechtermiddenveld, waar hij tien meter over de muur heen vloog. Toen ik wist dat de bal weg was, keek ik om de een of andere reden naar de werpheuvel en mijn vader. Die nam zijn blik niet van Joe weg toen die langs het eerste honk rende, en toen de bal over de schutting ging, stak Joe even zijn vuist in de lucht – 'Yes!' Het was niet arrogant of ongepast. Hij deed het niet om de werper te kwetsen.

Maar ik kende mijn vader en wist dat hier moeilijkheden van zouden komen.

De homerun was Joe's eenentwintigste in achtendertig wedstrijden, en het zou ook zijn laatste zijn.

Het stond 1-1 toen Joe in de eerste helft van de derde inning naar de slagplaat liep. Er waren twee spelers uitgegaan en er stond niemand op een honk. De eerste worp was een snelle bal aan de buitenkant, en toen ik hem zag, wist ik wat er daarna zou gebeuren. De tweede worp was ongeveer als de eerste, hard en met de voet van de plaat. Ik wilde opstaan en schreeuwen: 'Kijk uit, Joe!' maar ik kon me niet verroeren. Toen ik zag hoe mijn vader daar op de heuvel stond en naar Jerry Grote keek, bleef mijn hart stilstaan en kon ik geen lucht meer krijgen. Ik slaagde erin tegen mijn moeder te zeggen: 'Hij gaat naar zijn hoofd gooien.'

De bal ging recht op Joe's helm af en gedurende een seconde, een lange, afschuwelijke seconde waarover supporters en journalisten nog tientallen jaren zouden discussiëren, bewoog Joe niet. Hij verloor de bal uit het oog. Om redenen die niemand, zelfs Joe niet, ooit zou begrijpen of zou kunnen verklaren, of zou kunnen herhalen, zag hij de bal gewoon niet meer. Hij had gezegd dat hij liever met links sloeg omdat hij het gevoel had dat zijn rechteroog de worpen sneller zag, maar in die cruciale fractie van een seconde lieten zijn ogen hem volledig in de steek. Het kon iets voorbij de muur van het middenveld zijn geweest. Het kon een kleine verandering in de belichting zijn. Hij kon de bal uit het oog hebben verloren toen die tussen het witte shirt van mijn vader en de thuisplaat vloog. Hij kon zijn afgeleid door de bewegingen van Félix Millán, de tweedehonkman. Niemand zou het ooit weten, want Joe zou het zich nooit herinneren.

Het geluid van een leren honkbal die tegen een harde plastic helm komt, is onmiskenbaar. Ik had het verschillende keren in mijn wedstrijden gehoord, ook twee keer toen ik zelf onopzettelijk een slagman had geraakt. Ik had het een maand eerder in het Shea Stadium gehoord, toen Bud Harrelson een bal tegen zijn hoofd kreeg. Ik had het de vorige zomer tijdens een wedstrijd in de minor league gehoord, waar ik met Tom Sabbatini en zijn vader heen was geweest. Het is geen scherpe tik, maar eerder de klap van een stomp voorwerp op een hard oppervlak. Het is angstaanjagend genoeg, maar je hebt ook onmiddellijk de gedachte dat de helm ernstig letsel heeft voorkomen.

Zo klonk het niet toen Joe werd getroffen. We hoorden de misselijkmakende klap van een honkbal die in vlees en bot drong. Diegenen van de toeschouwers die er dicht genoeg bij zaten, zouden dat geluid nooit vergeten.

Tot op de dag van vandaag kan ik het horen.

De bal trof hem bij de hoek van zijn linkeroog. Zijn helm viel af en hij viel achterover. Hij ving zichzelf op met zijn handen achter zich op de grond en bleef nog even liggen voordat hij het bewustzijn verloor.

De beelden van wat er daarna gebeurde, lopen te veel door elkaar heen. De menigte was diep geschokt. Er werd gezucht en er werden veel kreten van schrik geslaakt. De plaatscheidsrechter zwaaide om hulp. Jerry Grote boog zich hulpeloos over Joe heen. De bank van de Cubs stond op springen; verscheidene spelers waren de dug-out uit gelopen. Ze schreeuwden en vloekten tegen Warren Tracey. Er kwam hard boegeroep van de Cubs-supporters. De Mets-supporters waren stil. Mijn vader liep langzaam naar een plek achter de werpheuvel, trok zijn handschoen uit, zette beide handen in de zij en keek naar de slagplaat. Ik haatte hem.

Terwijl de verzorgers zich over Joe heen bogen en we wachtten, deed ik mijn ogen dicht en hoopte ik vurig dat hij zou opstaan. Dat hij het van zich af zou schudden. Naar het eerste honk zou draven. En dan op een gegeven moment op de heuvel af zou stormen om het gezicht van mijn vader tot pulp te slaan, zoals hij bij Dutch Patton had gedaan. Mijn moeder keek ongelovig naar het veld en keek toen mij aan. Mijn ogen waren nat.

Minuten gingen voorbij en Joe stond niet op. We konden zijn schoenen en broek tot aan de knie zien, en op een gegeven moment leek het of zijn voeten stuiptrekten, alsof hij een beroerte had. De Cubs-supporters begonnen met rommel te gooien, en de bewakers liepen vlug het veld op. Jerry Grote liep langs de heuvel en bleef naast zijn werper staan. Ik keek aandachtig naar mijn vader en zag op een gegeven moment iets wat me niet verbaasde. Terwijl Joe daar plat op zijn rug lag, bewusteloos, ernstig gewond en stuiptrekkend, zag ik mijn vader glimlachen.

In het rechtsveld ging een hek open en er kwam een ambulance aanrijden. Hij stopte bij de thuisplaat, er werd een brancard uitgehaald, en plotseling waren de artsen, ziekenbroeders en verzorgers veel drukker in de weer. Hoe Joe er ook aan toe was, het werd erger. Ze legden hem vlug in de ambulance en die reed met grote snelheid weg. Alle vijfenvijftigduizend toeschouwers stonden op en applaudisseerden, al hoorde Joe daar niets van.

In de rust hadden de Cubs de tijd om te praten over wat ze konden doen. Vanwege de werpbeurten die Warren Tracey had gehad zou hij pas in de vijfde inning aan slag komen. Ferguson Jenkins wierp voor de Cubs, en niemand in de hele honkbalwereld twijfelde er ook maar een seconde aan dat mijn vader een bal naar zijn hoofd zou krijgen. De wraak zou snel en – hoopten in elk geval de Cubs – hard en pijnlijk zijn. Yogi Berra kon besluiten Tracey te laten vervangen om op die manier te voorkomen dat hem iets werd aangedaan. De Cubs konden ook in de tweede helft van de derde inning terugslaan door een of twee van de Mets-slagmannen tegen de vlakte te gooien. Dat zou waarschijnlijk in een algeheel gevecht ontaarden, en dat was precies wat de Cubs wilden toen ze hun gevallen topspeler in die ambulance zagen vertrekken. Met zo'n vechtpartij had je echter wel het probleem dat hun doelwit veilig in de dug-out weggestopt zat. De Cubs wilden het hoofd van Warren Tracey, en de manager, Whitey Lockman, kwam met de perfecte oplossing. Lockman zette als invaller voor Joe de parttimespeler Razor Ruffin in, een harde zwarte jongen uit de achterstandswijken van Memphis, waaraan hij was ontkomen door football en honkbal te spelen op de Michigan State University. Hij was gebouwd als een blok beton en kon rennen als een hert, maar zoals de Cubs hadden gemerkt, had hij moeite met ballen die met links werden geworpen. Hij ging het spel in en deed rustig zijn strekoefeningen op het eerste honk.

De bal die naar Joe Castles hoofd was gegooid, leidde tot een vertraging van dertig minuten, en toen hij weg was, vond de scheidsrechter het goed dat Warren Tracey een paar warming-up-worpen deed. In het stadion was het stil geworden. De Mets-supporters voelden zich niet op hun gemak, en de Cubs-supporters waren moe van hun geschreeuw en boegeroep. Billy Williams ging op de thuisplaat staan en nam de slaghouding aan. Williams, een toekomstige Hall of Famer, was een laconiek type, maar op dat moment zou elke worp die zelfs maar enigszins in de buurt van zijn hoofd kwam grote moeilijkheden veroorzaken. Razor Ruffin ging bij het eerste honk vandaan maar bleef er dichtbij. Hij was in de wedstrijd gezet om te vechten, niet om honken te stelen. Traceys eerste worpen waren ver naast. Hij was uit zijn ritme geraakt en wierp niet maar gooide. Bij twee slag en twee wijd sloeg Williams een trage hoge bal naar het midden, een gemakkelijke vangbal. Toen duidelijk was dat de bal door Don Hahn gevangen zou worden, rende Razor Ruffin naar de werpheuvel. Terwijl Warren Tracey de bal nakeek, dreunde Ruffin tegen de achterkant van zijn knieën en gooide hij hem halverwege naar het derde honk. Vervolgens beukte Ruffin in het wilde weg met beide vuisten op hem in. De Cubs, die het plan natuurlijk kenden, gingen massaal in de aanval en omsingelden Tracey en Jerry Grote. De rest van de Mets was wat verder weg, maar binnen enkele seconden was een van de lelijkste incidenten uit de honkbalsport in volle gang. Met vuistslagen werden oude rekeningen vereffend. Lichamen sloegen tegen de grasmat. Meer dan veertig topsporters schopten en stompten en probeerden elkaar met blote handen te vermoorden. Onder in die menselijke kluwen waren Razor Ruffin en Warren Tracey nog met elkaar aan het worstelen. Ze staken met hun vingers naar elkaar, probeerden elkaar te wurgen, probeerden botten te breken en elkaar tot bloedens toe te verwonden. De scheidsrechters maakten geen schijn van kans om de teams uit elkaar te halen. Bewakers stroomden het veld op. Normaal gesproken zouden de coaches proberen hun spelers van elkaar te scheiden, maar deze keer zou dat niet lukken. Er kwam maar geen eind aan de vechtpartij, en ook de toeschouwers waren door het dolle heen. Het Shea Stadium stond op het punt een oorlogszone te worden. Het was een heksenketel, totdat enkele veteranen van beide teams – Ron Santo, Rusty Staub, Billy Williams en Tom Seaver – erin slaagden hun teamgenoten bij elkaar vandaan te trekken. Toen de kluwen was ontward, kwam Warren Tracey met een bloedneus overeind en wees hij met zijn vinger naar een van de Cubs. De scheidsrechters duwden hem weg en twee van zijn teamgenoten sleurden hem naar de dug-out. Hij vloekte, schreeuwde en bloedde tot hij uit het zicht verdwenen was. Ten slotte werd de orde hersteld. Beide managers werden van het veld af gestuurd, net als Tracey, Ruffin en zes van hun teamgenoten.

Toen de wedstrijd werd hervat, was ik te verdoofd om helder te kunnen denken. Ik was getuige geweest van een nachtmerrie – de gruwelijke bal die tegen Joe Castles hoofd werd gegooid, gevolgd door de emotionele schok toen ik zag hoe mijn vader door een heel team werd aangevallen. Mijn moeder had er ook genoeg van. 'Ik wil nu weg,' fluisterde ze. 'Ik ook,' zei ik.

Zonder een woord te zeggen namen we de trein naar huis. Ik ging naar mijn kamer en kroop in bed. Ik zette de televisie niet aan, al zou ik heel graag willen weten hoe het met Joe ging. Ik was vastbesloten niet in slaap te vallen, want ik moest weten of mijn vader die avond thuiskwam. Ik betwijfelde of hij dat zou doen, en ik had gelijk. Kort voor middernacht ging de telefoon en nam mijn moeder op. Een mannenstem dreigde Warren Tracey te vermoorden en ons huis in brand te steken. Mijn moeder belde de politie en om twee uur die nacht zaten mijn moeder en ik aan de keukentafel met een agent te praten.

Het was het eerste van veel dreigtelefoontjes. De maanden daarna leefden we in angst en natuurlijk was mijn vader bijna nooit thuis om ons te beschermen.

Op mijn elfde wilde ik mijn naam veranderen.

13

De muggen hebben het op ons voorzien en we verlaten de veranda. In de volle, rommelige bibliotheek geeft Fay ons aardbeien met slagroom en schenkt ze een vreemde kruidenthee in. De wanden zijn van vloer tot plafond bedekt met rijen boeken en er staan ook stapels rond een oud bureau. Er zijn trouwens boeken in het hele huis, de meeste onder een laag stof en op doorzakkende planken, ongeveer zoals in een oude tweedehandsboekwinkel. De Rooks zijn belezen en zijn uitstekende causeurs. Ik heb genoeg gepraat en wil een tijdje luisteren.

'We luisterden op de veranda naar de wedstrijd, hè, Fay?' vraagt Clarence.

'Ja, aan de voorkant. Ik zal het nooit vergeten.' Met het vorderen van de avond besef ik dat Fay bijna evenveel van de wedstrijd weet als Clarence. 'Heel triest.'

'Vince Lloyd en Lou Boudreau wisten blijkbaar meteen dat Joe niet zou opstaan. Lou zei direct dat de bal met opzet naar Joe's hoofd was gegooid omdat Joe bij de eerste slagbeurt een homerun had geslagen. Terwijl we wachtten en wachtten, kwamen ze met achtergrondinformatie. Warren Tracey stond in 1972 in de National League op de eerste plaats als het ging om het raken van slagmannen, en in 1973 deelde hij die plaats met een ander. Lou noemde hem onder andere een koppensneller. Ze waren het er allebei over eens dat Joe leek te verstijven toen de bal door de lucht vloog. Je kon aan hun stem horen dat het er niet best uitzag.'

'Heeft Joe er hier in het dorp ooit over gepraat?' vraag ik.

‘Niet officieel, maar misschien tegen zijn vrienden of zelfs zijn broers?’

‘Niet dat ik weet,’ antwoordt Clarence. ‘Een paar jaar later heeft een verslaggever uit Little Rock... Was hij van de *Democrat* of van de *Gazette*, Fay?’

‘Ik denk dat het de *Gazette* was,’ zegt ze. ‘Dat staat in een van de notitieboeken.’

‘Nou, die man kwam hierheen en slaagde erin op audiëntie te gaan bij Charlie en Red. Hij vroeg hun hoe het tegenwoordig met Joe ging, enzovoort. Hij vroeg ook naar de bal tegen zijn hoofd, en ze zeiden dat Joe er niets meer van weet. Voor zover ik me kan herinneren, is dat de enige keer dat de familie er ooit over sprak. Het moet twintig jaar geleden zijn geweest.’

‘Is er hersenletsel?’ vraag ik.

Clarence en Fay kijken elkaar aan en het is duidelijk dat er dingen zijn waar in mijn aanwezigheid niet over wordt gepraat. ‘Ik denk het niet,’ zegt hij ten slotte, ‘maar hij is ook niet honderd procent.’

Fay zegt: ‘Clarence is een van de weinigen hier in het dorp met wie Joe spreekt. Niet dat hij praat of een gesprek voert, maar hij heeft Clarence altijd graag gemogen en wil tenminste iets tegen hem zeggen.’

‘Ik weet niet of iemand anders dan zijn moeder echt weet wat er in hem omgaat,’ zegt Clarence.

‘Woont hij bij haar?’

‘Ja, drie straten hiervandaan.’

Het is bijna tien uur ’s avonds, en Fay is eraan toe om naar bed te gaan. Ze pakt de borden op, vertelt me waar ik kan slapen en zegt me welterusten. Zodra ze weg is, zegt Clarence: ‘Ik lust nog wel een nachtmutsje. Jij ook?’

Voor zover ik kan nagaan, is Clarence broodnuchter. Hij heeft zijn laatste gin-citroen al voor het eten opgedronken en vertoont er geen tekenen van dat hij tipsy is. Dat geldt ook voor mij – mijn laatste slokje alcohol (en het laatste slokje gin-citroen in mijn leven) ligt twee uur achter me. Mijn inwendige klok loopt op bergtijd, een uur achter Arkansas, en dus ben ik nog niet helemaal aan slapen toe. En ik wil naar Clarence luisteren. 'Zoals?' vraag ik.

Hij is al opgestaan en loopt de kamer uit. 'Ozark-perzikbrandewijn,' zegt hij, en hij verdwijnt.

Het is een heldere vloeistof met een licht oranjebruine kleur. Hij schenkt het uit een onheilspellende kruik in twee kleine glazen, model whiskyglas. Als hij gaat zitten, tikken we de glazen tegen elkaar aan en zegt hij: 'Cheers. Hier moet je wel voorzichtig mee zijn. Beter om er in het begin heel langzame slokjes van te nemen.'

Dat doe ik. Een snijbrander zou niet heter op mijn lippen en tong kunnen aanvoelen. Ik houd mijn gezicht in de plooi en slaag erin het brouwsel door te slikken. De vlammen schroeien mijn slokdarm, totdat de laatste druppel in mijn nietsvermoedende maag valt. Hij kijkt aandachtig naar me, wacht op een komische reactie, en als ik me weet te beheersen, zegt hij: 'Niet slecht, hè?'

'Wat is het? Benzine?'

'Het is een streekproduct, gemaakt door een van onze betere distillateurs.'

'En zonder accijns, neem ik aan?'

'Zonder accijns en zo illegaal als het maar kan.' Hij neemt weer een slokje.

'Ik dacht dat je van illegale stook blind werd en dat je lever ervan kapotging.'

'Zou kunnen, maar je moet weten waar het vandaan komt. Dit is goed spul, zo ongeveer het beste wat er is, licht, smakelijk, bijna onschuldig.'

Onschuldig? Mijn tenen branden. Als kind van een gewelddadige alcoholist heb ik me nooit aangetrokken gevoeld tot een leven met drank, en na een avond van gin-citroen en illegaal gestookte whisky besef ik hoe verstandig ik ben geweest.

'Het tweede slokje is gemakkelijker, en het derde is het beste,' zegt hij. Ik neem een nog kleiner slokje en het brandt minder, waarschijnlijk vanwege het littekenweefsel dat door het eerste slokje is ontstaan.

'Vertel eens, Paul, hoe wist je dat je vader Joe die bal naar zijn hoofd ging gooien?' vraagt hij. Hij pakt zijn pijp en tabakszak.

'Dat is een lang verhaal.' Ik probeer mijn tong te vinden.

Hij glimlacht en spreidt zijn armen. 'We hebben de hele avond. Ik lees meestal tot twaalf uur en slaap dan tot acht uur.'

Ik neem een derde slokje en proef nu ook een beetje perzik. 'Hij was van de oude stempel. Als een slagman een homerun slaat, wint de slagman het duel. De beloning is duidelijk, meer krijgt hij niet. Het is een doodzonde om de werper te beledigen door je opzichtig te gedragen. Bijvoorbeeld door op de plaat te blijven staan en bewonderend naar de bal te kijken, met de knuppel te draaien of langs de honken te slenteren om zo veel mogelijk aandacht te trekken. En je mag zeker geen zelfgenoegzaamheid of emotie tonen, dat is het allerergste. O nee. De slagman wint, hij loopt vlug langs de honken en gaat in de dug-out zitten. Anders moet hij ervoor boeten. Als een slagman iets opzichtigs doet, heeft de werper het recht hem een bal naar zijn hoofd te gooien. Dat komt regelrecht uit de oude erecode en mijn vader zwoer daarbij.'

'Dat werkt in het honkbal van tegenwoordig misschien niet meer,' zegt Clarence, en hij blaast een rookwolk uit.

'Ik zou het niet weten, Clarence. Ik heb in geen dertig jaar meer een wedstrijd gezien.'

'Nou, deed Joe iets om Warren Tracey te vernederen? Jij was erbij. Vince Lloyd en Lou Boudreau hebben herhaaldelijk gezegd dat Joe niets deed.'

'Nou, volgens Warrens officiële versie is het antwoord nee. Nee, omdat hij algauw begon te beweren dat het een ongeluk was, hij gooide die bal niet naar Joe, het was gewoon een worp die niet helemaal goed ging. Ik denk dat Warren is gaan liegen toen duidelijk werd dat Joe ernstig gewond was geraakt.'

'Je bent daar blijkbaar wel heel zeker van.'

'Toen ik een kleine jongen was, vijf of zes, wilde ik werper worden omdat mijn vader werper was. Ik was vrij goed en naarmate ik ouder werd, werd ik beter. Ik kreeg niet veel coaching in de achtertuin, want hij was bijna nooit thuis, maar we woonden in hetzelfde huis en er ging iets van hem op mij over, denk ik. Toen ik een keer wierp, sloeg een jongen een homerun, een prachtige bal, en hij draafde dansend en schreeuwend langs de honken. Mijn vader was erbij, iets wat bijna nooit voorkwam, en toen de jongen weer aan slag was, riep mijn vader: "Gooi hem neer, Paul." Ik was elf en wilde geen bal tegen iemand aan gooien. De jongen kreeg geen bal tegen zijn hoofd. Mijn vader was woedend. Na de wedstrijd hadden we grote ruzie. Hij sloeg me in de achtertuin en zei tegen me dat ik altijd een werper van niks zou blijven, omdat ik een lafaard was en de bal niet tegen slagmannen durfde te gooien. Hij was een nare man, Clarence.'

Weer een slokje, weer een trekje. 'En je gaat morgen naar hem toe?'

'Ja, voor het eerst in heel wat jaren.'

'En je denkt dat je hem kunt overhalen om hierheen te komen, naar Calico Rock?'

'Ik weet het niet, maar ik ga het proberen.'

'Het lijkt me een nogal kleine kans... aan beide kanten.'

'Ik heb een plan. Misschien werkt het niet, maar ik ga het proberen.'

Hij schenkt nog wat illegale stook in. Na een paar minuten begin ik te knikkebollen. 'Word je slaperig van dit spul?' vraag ik.

'Absoluut. Je slaapt als een roos.'

'Ik ben vertrokken. Dank je.'

Ik ga naar bed in hun logeerkamer, onder het zoemen en suizen van een plafondventilator, niet meer dan drie straten verwijderd van het huisje waar Joe Castle met zijn moeder woont. De laatste keer dat ik hem zag, werd hij op een brancard van het veld af gedragen, op weg naar een ziekenhuis in New York. Hij had zijn briljante spel toen voorgoed achter zich gelaten, de dromen van zijn supporters, de veelbelovende carrière die er nooit zou komen.

Wanneer ik afscheid neem, wordt Fay helemaal in beslag genomen door haar schilderwerk. Ik bedank haar voor de gastvrijheid en ze zegt dat de logeerkamer altijd beschikbaar is. Ik volg Clarence naar Main Street terug, waar we parkeren en naar Evans Drug Store lopen. Als we naar binnen gaan, zegt hij: 'Hou het voor alle zekerheid maar op Paul Casey.'

Geen probleem. Ik heb dat pseudoniem vaker gebruikt dan hij zich kan voorstellen.

De cafetaria zit vol ochtendpubliek, allemaal mannen. Clarence praat met enkelen van hen als we naar een tafel aan de achterkant lopen. Ik weet te voorkomen dat ik me moet voorstellen. Blijkbaar is Clarence alleen thuis vegetariër, omdat Fay daar over het menu gaat. Als hij haar niet bij zich heeft, bestelt hij eieren met spek, en ik doe dat ook. Terwijl we op het eten wachten, nippen we van onze koffie en luisteren naar de enthousiaste gesprekken om ons heen. Aan een lange tafel bij het raam maakt een groep gepensioneerde mannen zich druk over de oorlog in Irak. Aan meningen geen gebrek en het kan ze niet schelen of andere bezoekers van de cafetaria hen kunnen horen.

'Ik neem aan dat dit in politiek opzicht een tamelijk conservatieve plaats is,' zeg ik tegen Clarence.

'Jazeker, maar als er verkiezingen komen, heerst er meestal verdeeldheid. Izard County is helemaal blank, maar er zijn hier nog veel Roosevelt-democraten van de oude stempel. Die noemen ze "trekschakelaar-Democraten".'

'Dat woord is nieuw voor me.'

'Elektriciteit op het platteland, ingevoerd toen Roosevelt president was.'

'Waarom is de county helemaal blank?'

'Dat is historisch zo gegroeid. Er was hier nooit veel landbouw, dus er waren geen slaven. Zwarte mensen hadden geen reden om zich hier te vestigen. Ik denk dat ze liever ergens anders heen gaan, maar we hebben nooit problemen gehad met de Klan, als je dat soms denkt.'

'Nee, dat dacht ik niet.'

De muur boven de kassa is bedekt met rijen teamfoto's – Little League, softbal, basketbal – sommige van recente datum, andere in de loop van de jaren verbleekt. In het midden zie ik een ingelijst omslag van het nummer van 6 augustus 1973 van *Sports Illustrated*. Calico Joe, het fenomeen. Ik kijk ernaar en glimlach. 'Ik weet nog dat het werd bezorgd,' zeg ik.

'Wij allemaal. Dat was waarschijnlijk de grootste dag uit de geschiedenis van ons plaatsje.'

'Praten de mensen hier nog steeds over Joe?'

'Bijna nooit. Het is dertig jaar geleden, weet je. Ik kan me het laatste gesprek over hem niet herinneren.'

De eieren met spek komen. De oorlog woedt niet ver bij ons vandaan. We eten vlug en ik betaal de rekening contant – niet met een creditcard. Ik wil niet dat iemand mijn naam ziet. Clarence besluit dat we zijn auto nemen – een kastanjebruine Buick – want een vreemde auto met een kenteken van buiten de staat zou misschien argwaan wekken. Zoals te verwachten was, ruikt de Buick naar muffe pijptabak. Airconditioning is geen optie en we rijden de korte rit met de ramen open.

De middelbare school staat ongeveer anderhalve kilometer bij Main Street vandaan, in een nieuwer deel van het dorp. Ik weet dat Calico Rock te klein is voor een footballteam, dus als ik lichten zie, weet ik dat het honkbalveld dichtbij is. In de verte, op het middenveld, rijdt een man op een grasmaaier. 'Dat is 'm,' zegt Clarence.

Het schooljaar moet nog beginnen en de parkeerplaatsen zijn leeg. We parkeren bij een oude rodeo-arena, steken een straat over en lopen achter een tribune vandaan naar de *backstop*. We klimmen naar de bovenste rij en gaan in de schaduw van de kleine persbox zitten. Het veld ligt er prachtig bij. Het bermudagras is weelderig en groen. Al het andere groen is verwelkt door de augustuszon en de droogte, maar het gras van Joe Castle Field is dicht, strak en goed geïrrigeerd. De paden naar de honken en het zand in het binnenveld zijn zorgvuldig bijgehouden. De werpheuvel ziet eruit alsof hij met de hand gevormd is. Om het hele speelveld heen loopt een drie meter breed waarschuwingspad van kalksteengravel, en er is nergens onkruid te zien. Voorbij de draadgazen omheining bij het linkermiddenveld staat een groot scorebord met JOE CASTLE FIELD aan de bovenkant en THE PIRATES aan de onderkant.

Joe zit op een spinachtige, rode maaimachine met verschillende snijvlakken en tal van messen, een serieuze machine die blijkbaar speciaal bestemd is voor speelvelden. Hij draagt een bril en een zwarte pet waarvan hij de klep omlaag heeft getrokken. Zoals te verwachten was, is hij in de loop van de jaren dikker geworden.

'Is hij hier elke dag?' vraag ik.

'Vijf dagen per week.'

'Het is midden augustus. Er is pas weer een honkbalwedstrijd in, eh, maart?'

'Halverwege maart, als het niet sneeuwt.'

'Waarom maait hij dan elke dag het gras en verzorgt hij het veld?'

'Omdat hij dat wil. Het is zijn werk.'

'Wordt hij betaald?'

'Jazeker. Joe kwam kort voor Kerstmis 1973 thuis. Hij lag twee maanden in een ziekenhuis in New York, en toen lieten de Cubs hem naar Chicago vliegen, waar hij ook een aantal weken in een ziekenhuis heeft gelegen. Red en Charlie brachten hem voor Kerstmis met de auto naar huis. Hij had het erover dat hij weer zou gaan honkballen, maar wij wisten wel beter. Kort na de eerste dag van het jaar kreeg hij een beroerte, een zware. Hij was alleen thuis en toen ze hem in het ziekenhuis in Mountain Home hadden gebracht, was er schade aangericht. Zijn linkerkant is gedeeltelijk verlamd. Dat kun je zien als hij loopt.'

'Weet hij dat we hier zitten?'

'Ja. Hij zag ons parkeren, hierheen lopen en gaan zitten. Hij weet dat we over hem praten. Waarschijnlijk komt hij niet zo dichtbij dat hij ons gedag zal zeggen, en voordat de dag om is, zal Red of Charlie, waarschijnlijk Charlie, me bellen om te vragen wat ik hier deed en wie ik bij me had. Ik zal tegen hem zeggen dat je mijn oomzegger uit Texas bent, een honkbalcoach die ons veld wilde zien.'

'Oké. Terug naar het verhaal. Waarom wordt Joe betaald om het veld te onderhouden?'

'Na de beroerte was duidelijk dat hij invalide was en een baan nodig had. En dus nam de school hem in dienst als beheerder, fulltime en met een ziektekostenverzekering en pensioen, en zo is er dertig jaar voor Joe gezorgd. Hij werkt op het veld, doet karweitjes in de sporthal, en als het honkbalteam een wedstrijd heeft, zit hij hier in de persbox en bedient hij het scorebord.'

'Wat een geweldig idee.'

'Hier in Calico Rock zorgen we voor elkaar, Paul. Vooral voor Joe.'

Joe is met de maaimachine over het gras van rechts naar links gegaan en maakt rechtsomkeert voor de volgende baan. De maaimachine komt dicht bij het waarschuwingspad langs het buitenveld. Ik kan niet zien of de messen het gras echt afsnijden. Het ongemaaide deel van het veld ziet er even maagdelijk uit als het stuk dat hij al heeft afgewerkt.

'Waar denk je aan?' vraagt Clarence, en hij steekt zijn pijp weer aan.

'Aan wat had kunnen zijn. Waar Joe nu zou zijn geweest als hij die bal niet tegen zijn hoofd had gekregen. Hoe geweldig had hij kunnen zijn?'

'Daar word je gek van. Ik heb jarenlang zulke gedachten gehad, maar toen besefte ik dat het tijdverspilling was. Het verhaal van Joe Castle is een grote tragedie. Het is moeilijk te accepteren, maar na een tijdje probeer je verder te gaan.'

'Zou het een goed idee zijn als Warren Tracey hierheen kwam om Joe te ontmoeten?'

Een lange trek, een grote rookwolk. Het is al meer dan dertig graden en ik vraag me af hoe iemand in die hitte voor zijn plezier kan zitten roken. 'Weet je, Paul, zoals we hier zitten, lijkt het me onmogelijk dat je vader hier komt, Joe een hand geeft en met hem over vroeger praat.'

'Ja.'

'Denk je echt dat je hem kunt overhalen te komen?'

'Ik ga het proberen, Clarence. Ik denk dat het me wel lukt.'

'Hoe?'

'Chantage.'

Joe maakt weer rechtsomkeert om voor de laatste keer naar de overkant van het veld te gaan. Hij heeft nog niet onze kant op gekeken.

'Ik denk dat ik daar niets over wil horen,' zegt Clarence.

'Dat denk ik ook.'

We kijken en luisteren naar de maaimachine. Ten slotte zegt Clarence: 'Ja, als je mijn waardeloze mening wilt horen, zou het veel voor Joe betekenen als Warren Tracey hem de hand schudde en zijn verontschuldigingen aanbood. Die twee hebben nooit met elkaar gepraat. Ze hebben elkaar na die avond nooit meer ontmoet. Het lijkt me een goed idee. Maar hoe krijg je dat in godsnaam voor elkaar?'

'Het is een kleine kans, Clarence. Maar ik heb je hulp nodig. Zou je met zijn broers willen praten om het met hen in orde te maken? Anders verspil ik mijn tijd.'

Joe parkeert in de foutzone buiten de linksveldlijn en zet de maaimachine uit. Hij zwaait zijn rechterbeen opzij, zet zich schrap en springt van de machine af. Hij pakt een stok en schuifelt naar een opslagschuur. Hij loopt duidelijk mank. Zijn linkervoet sleept hij achter zich aan en zijn rechtervoet beweegt zich stapje voor stapje. Op die manier komt hij maar langzaam vooruit. Zijn schouders zijn voortdurend ingezakt.

'Arme kerel,' zeg ik, en ik zou wel in huilen kunnen uitbarsten. Die jongen die er zo goed uitzag en die binnen vier seconden van de thuisplaat naar het eerste honk kon rennen, die zeven keer in achtendertig wedstrijden het tweede en derde honk stal, die lome, enkele honkslagen in sensationele tweehonkslagen veranderde, die geweldige sportman die in alle aspecten van de sport liet zien hoe enorm goed hij was, is nu een invalide terreinknecht die grasmaait dat niet gemaaid hoeft te worden. Alleen het idee al: toen Joe dertig was en op het hoogtepunt van zijn carrière had moeten zijn, deed hij in plaats daarvan precies hetzelfde als wat hij nu doet.

'Heel triest,' voegt Clarence eraan toe. Joe verdwijnt in het schuurtje. 'Waarschijnlijk zien we hem niet meer. We kunnen maar beter weggaan.'

Als we naar Main Street terugrijden, zegt Clarence dat hij het idee van een ontmoeting aan Charlie en Red zal voorleggen. Ik herhaal wat al duidelijk is: Warren heeft niet lang meer te leven, dus er is geen tijd te verspillen.

We gaan nog langs de *Calico Rock Record*, waar ik een kop koffie drink. Het duurt even om afscheid te nemen. We hebben van elkaars gezelschap genoten en hopen oprecht dat we elkaar gauw terugzien. Als ik Calico Rock verlaat, weet ik niet of ik daar ooit terugkom.

Vier uur later ben ik in Memphis. Via Atlanta vlieg ik naar Tampa, waar ik weer een auto huur en naar het oosten rijd, naar Winter Haven.

14

Lang nadat de politieagent was weggegaan, zaten mijn moeder en ik in de huiskamer naar westernfilms te kijken. De deuren zaten op de grendel, de gordijnen waren dicht, alle lichten in het huis waren aan, de agent had beloofd dat er in onze straat gepatrouilleerd zou worden, en toch waren we bang. Misschien hadden we het telefoontje moeten afdoen als een misselijke grap van een boze Cubs-supporter die ons nummer in het telefoonboek had gevonden, maar we hadden het gevoel dat het veel ernstiger was. We waren nog nooit op die manier bedreigd, en na het trauma en de emoties van die avond waren we niet in staat om het met een schouderophalen af te doen en te gaan slapen.

Tijdens een reclamespotje vroeg mijn moeder: 'Hoe wist je dat hij die bal naar Joe Castles hoofd zou gooien?' Ze zat op het ene uiteinde van de bank, ik op het andere einde, en we waren allebei nog aangekleed.

'Omdat dat de manier is waarop hij het spel speelt,' antwoordde ik.

'Waarom staan ze zulke ballen toe?'

'Ik weet het niet. Ik heb nooit een goede reden gehoord.'

'Wat een stomme sport,' zei ze.

Ik sprak haar niet tegen. We waren ook bang dat Warren slingerend thuis zou komen en problemen ging maken. Hij was met alleen maar een bloedneus van het veld gestuurd. In de vechtpartij had hij dus geen ernstige verwondingen opgelopen. Maar als hij om drie uur nog niet thuis was, kwam hij niet meer. Waarschijnlijk zat hij in een café met zijn blauwe plekken te pronken, te pochen hoe goed hij iemand een bal naar zijn kop kon gooien. Ongetwijfeld eiste hij de eer op voor de overwinning van de Mets.

Ik dommelde in, maar om zes uur 's morgens kreeg ik een por van mijn moeder. 'Het nieuws,' zei ze. Channel 4 vanuit Manhattan begon die ochtend om zes uur met nieuws, weer en sport, en ze begonnen bijna meteen over wat er op het veld was gebeurd. 'Een wilde avond in het Shea Stadium,' zei de verslaggever terwijl we de beelden zagen. Die waren gemaakt met een camera ergens in de buurt van de Mets-dug-out. Je zag de bal die naar Joe's hoofd ging en je zag Joe vallen. Nog een keer, in slow motion, en nog een keer terwijl de verslaggever tot in bijzonderheden vertelde wat er gebeurd was. Hij zei dat Joe in het Mount Sinai Hospital in Manhattan lag en dat zijn toestand ernstig was.

In elk geval leefde hij nog.

Toen kwam de vechtpartij, en net als de vorige avond leek het of er maar geen eind aan wilde komen. Omdat ik ooggetuige was geweest, had ik genoeg gezien. Het hele voorval maakte me misselijk en neerslachtig, en zoals ik later besefte, zou ik hierdoor voorgoed genoeg krijgen van honkbal.

Toen de zon op was, liep ik naar het eind van het garagepad om *The New York Times* op te halen. Ik keek de straat door om er zeker van te zijn dat alles veilig was. Op dat moment besefte ik niet dat ik nog vele maanden over mijn schouder zou kijken.

Mijn moeder nipte van haar koffie en bladerde de krant door. Ik spelde natuurlijk elk woord over de wedstrijd en alles wat daarmee in verband stond. Op de voorpagina van de sportsectie stonden twee grote foto's. Op de eerste zag je Joe op de grond liggen, enkele seconden nadat hij was geraakt en voordat de mensen zich om hem heen verdrongen. De tweede was een prachtige opname van Razor Ruffin die mijn vader met een verpletterende tackle tegen de grond gooide. Ruffin had na de wedstrijd geen commentaar gehad, net zomin als Warren Tracey, Yogi Berra, Whitey Lockman en de andere spelers en coaches. Toch leed het weinig twijfel dat de vechtpartij nog lang niet voorbij was. De twee teams stonden die middag om twee uur weer tegenover elkaar. De artsen in het Mount Sinai zeiden niet veel, maar Joe was bewusteloos en er slecht aan toe.

De telefoon ging, en we staarden er allebei even naar. Omdat ik dichterbij was, nam ik langzaam de hoorn op. 'Hallo.'

Een opgewonden stem riep: 'Warren Tracey is dood!'

Mijn moeder trok vlug de stekker van de telefoon uit het contact.

De kranten uit Chicago waren hevig verontwaardigd. BAL TEGEN HET HOOFD! schreeuwde de kop van de *Sun-Times* boven een foto van Joe Castle die op de grond lag, met zijn helm naast zich. De *Tribune* reageerde wat gereserveerder. De kop luidde: METS VINDEN MANIER OM CASTLE TE STOPPEN.

In de loop van die zaterdagmorgen overlegde wedstrijdcommissaris Bowie Kuhn met zijn mensen in het kantoor van Major League Baseball in New York. Nadat hij de beelden had bekeken en met ooggetuigen had gepraat, schorste hij Razor Ruffin en Whitey Lockman voor tien wedstrijden, Warren Tracey voor vijf en acht andere spelers voor drie wedstrijden. Zijn kantoor liet een afgezaagde verklaring uitgaan waarin het Joe Castle een spoedig herstel toewenste.

Het Shea Stadium was weer uitverkocht voor de wedstrijd van zaterdag. Er waren nu veel meer Cubs-supporters en ze waren woedend. Kort na de eerste worp van Tom Seaver landde er een rookbom bij de thuisplaat. De wedstrijd werd een kwartier stopgezet, tot de rook was opgetrokken. De Mets-supporters riepen boe, de Cubs-supporters vloekten, de atmosfeer in het stadion was gespannen. Er was die middag veel meer bewaking en geüniformeerde politieagenten stonden bijna schouder aan schouder langs het veld. Joe was geraakt door de derde worp die naar de derde slagman in de derde inning was gegooid, en met perfecte coördinatie regende het rookbommen op het veld toen Tom Seaver in de eerste helft van de derde inning de derde worp gooide naar Burt Hooton van de Cubs. Er braken gevechten uit toen Mets-supporters de bommengooiers te lijf gingen. Er werden arrestaties verricht. De wedstrijd werd een halfuur geschorst. Waarschuwingen schalden uit de luidsprekers door het stadion. Het ging van kwaad tot erger.

Ik probeerde naar de wedstrijd te kijken, maar kon het niet. Ik wilde het huis uit en me een paar uur bij de Sabbatini's verstoppen, of zelfs een paar dagen, maar dan zou mijn moeder alleen zijn geweest. En dus bleef ik in mijn kamer. Ik zette de radio aan en uit en probeerde de tijd door te komen.

Als de Mets in de stad waren en mijn vader thuis was, wachtte ik meestal een paar dagen voordat ik artikelen uit de sportpagina's knipte voor mijn plakboeken. Maar ik verveelde me, hij was niet thuis, en eerlijk gezegd kon het me ook niet schelen wat hij ervan vond. Zittend aan de keukentafel knipte ik zorgvuldig de verhalen uit *The Times*. Daarna ging ik naar mijn kast, waarin ik een stuk of tien plakboeken, fotoalbums en een verzameling honkbalkaartjes bewaarde. Alles lag en stond precies op zijn plaats, en voor zover ik wist, had nooit iemand anders dan ik die dingen aangeraakt. Vanwege de lawine van verhalen en foto's die in de kranten waren verschenen toen Joe Castle zijn historische debuut had gemaakt, had ik een plakboek voor hem alleen aangelegd. De enige andere spelers aan wie ik die eer had bewezen waren Tom Seaver, Willie Mays, Hank Aaron en Catfish Hunter. De andere plakboeken bevatten souvenirs, artikelen en foto's en waren elk gewijd aan een heel team: de Mets van 1973, de Mets van 1972, de Big Red Machine, de Oakland A's van 1972, enzovoort. Twee jaar eerder was ik aan een plakboek begonnen dat aan mijn vader was gewijd, maar daar was gewoon niet genoeg materiaal voor.

Mijn Joe Castle-plakboek was verdwenen. Ik doorzocht elke vierkante centimeter van mijn kast en mijn kamer, en toen ik er zeker van was dat het er niet was, ging ik languit op mijn bed liggen en keek naar het plafond. Jill was op kamp, en trouwens, die zou nooit iets aanraken wat ook maar in de verste verte iets met honkbal te maken had. En mijn moeder ook niet.

Ons huis had een kelder met een kleine wasruimte, een nog kleinere bijkeuken en een grote hobbykamer met een televisie en een biljart. Vanuit de hobbykamer leidde een deur naar de achtertuin. Wanneer mijn vader op alle uren van de vroege ochtend thuiskwam, sloop hij vaak de hobbykamer in en plofte hij neer op de smalle bank. Soms sliep hij daar als mijn ouders ruzie hadden. Soms maakten ze daar ruzie, ver van Jill en mij. Op dagen dat hij moest werpen bracht hij daar vaak uren in zijn eentje door, met de gordijnen dicht en de lichten uit, en ging hij op in zijn eigen wereld. Hij beschouwde de hobbykamer als zijn privéterritorium, en dat vonden wij prima. Als hij die kamer voor zich alleen wilde, bleven we daar graag weg.

Ik ging de trap af en deed de lichten aan. In de hobbykamer lag mijn plakboek op een tafeltje naast de bank. Het lag open bij de grote foto met het opschrift voor mij: 'Voor Paul Tracey, met de beste wensen, Joe Castle.'

Naast het plakboek stond een oranje stadionbeker van de Mets, zijn beker, de enige beker waaruit hij precies zes uur voor zijn eerste worp zijn bananenmilkshake wilde drinken. Toen hij die verrekte beker een keer niet kon vinden, had hij in een vlaag van woede borden kapotgegooid in de keuken.

Ik verstijfde toen ik besefte wat ik had ontdekt. Het was of ik op de plaats van een misdrijf terecht was gekomen en pas na enige tijd besefte wat daar gebeurd was. In zijn eentje en in het halfduister had de crimineel stilletjes plannen gemaakt voor wat hij ging doen en daarna had hij zonder erbij na te denken het bewijsmateriaal achtergelaten.

Ik liep de kamer uit en ging op zoek naar mijn moeder.

We waren allebei geschokt, bang en moe, en we besloten weg te gaan. We pakten vlug onze spullen bij elkaar, deden het huis op slot en reden naar Hagerstown in Maryland om daar een paar dagen bij haar ouders te logeren. Warren mocht het huis hebben, en de doodsbedreigingen en alles wat verder nog zijn verdiende loon was. Ik besefte het indertijd niet, en mijn moeder vast ook niet, maar het was onze eerste stap naar de scheiding.

De Mets wonnen die zaterdag de tweede wedstrijd van de serie, en dat deden ze zonder ervoor te hoeven vechten. Twee werpers werden het veld uit gestuurd omdat ze naar slagmannen gooiden, en beide teams verlangden naar weer een vechtpartij. Maar omdat er zoveel spelers geschorst waren, werd het winnen van wedstrijden belangrijker dan het raken van elkaars hoofd.

De hele honkbalwereld wachtte tot Joe wakker werd, bij zijn positieven kwam, ijs op zijn wonden legde, naar het stadion terugkeerde en verderging met verbijsterende acties en nieuwe records, maar op zondagmorgen lag hij nog steeds in coma.

De Mets wonnen zondag en op maandagavond maakten ze de vier overwinningen compleet. De Cubs hadden hun intocht in New York gemaakt met een voorsprong van tien wedstrijden, maar ze strompelden verslagen de stad uit. Ze zagen al aankomen dat ze opnieuw aan het eind van het seizoen zouden instorten. Van de achtendertig wedstrijden waarin Joe had meegespeeld hadden ze er achtentwintig gewonnen, maar zonder hem waren ze duidelijk een ander team.

Op 30 augustus wierp Warren Tracey in het Shea Stadium tegen de Pirates. Hij gaf een honkslag aan de eerste slagman en gaf de volgende twee een vrije loop. De honken waren nu alle drie bezet, en hij trof Willie Stargell in zijn ribben. Het was niet opzettelijk, maar evengoed vond Stargell het niet leuk om geraakt te worden, zeker niet door een werper die intussen de beruchtste koppensneller uit de honkbalsport was. Terwijl hij langzaam naar het eerste honk liep, zei hij iets tegen mijn vader, en een ogenblik was de sfeer gespannen. De scheidsrechters, die erg op hun hoede waren, grepen meteen in en voorkwamen moeilijkheden. Zijn volgende worp was een snelle bal door het midden, en Richie Hebner sloeg hem honderdtwintig meter voor een grand slam. Toen Yogi hem uit de wedstrijd kon halen, stonden de Pirates al met 7-0 voor. Geen enkele Pirate was uit geweest.

Vier dagen later, op 3 september, Labor Day, liep mijn vader in het Busch Stadium in St. Louis naar de werpheuvel en werd hij daar onthaald op een daverend gesis en boegeroep. Hij hield twee innings stand, gaf er vier een vrije loop, gooide niemand uit, raakte niemand, gaf vijf honkslagen weg en wierp zich algauw uit de opstelling. De sportjournalisten uit New York riepen dat hij vervangen moest worden.

Terwijl Joe Castle nog bewusteloos in een ziekenhuis in New York lag, werd Warren Tracey overal gehaat. Zijn naam was puur vergif. Zijn werpprestaties waren een ramp. Zijn teamgenoten wonnen, maar ze hadden ook genoeg van al dat gedoe om hem heen. Het was duidelijk dat hij de problemen die hij veroorzaakte niet waard was.

15

Na zijn eerste twee of drie echtgenotes trouwde Warren niet meer om uiterlijk of uit begeerte, maar om geld. Een van zijn latere vrouwen, Florence, was aan een zonnesteek gestorven en liet hem een mooi huis en wat geld op de bank na. Hij is niet rijk, maar heeft het goed genoeg om niet te hoeven werken en om zijn dagen op de club door te brengen, waar hij gin rummy speelt en golft en drinkt. Toen hij ongeveer vijfenvijftig was, een jaar of tien geleden, wist zijn toenmalige vrouw, ik geloof dat ze Karen heette, hem zover te krijgen dat hij stopte met drinken en roken. Het moet gezegd worden dat het hem lukte, al was de schade aan zijn lichaam al aangericht. Arme Karen. Ze besefte algauw dat hij onder invloed van drank veel prettiger in de omgang was dan nuchter. Ze scheidden, en Warren, die nooit lang alleen bleef, legde het aan met Agnes, zijn huidige echtgenote.

Ze wonen in zo'n typische *gated community* in Florida, een bewaakt complex met rijen lage, moderne, aan de golfbaan gelegen huizen. Iedereen is boven de zestig en rijdt in een golfwagentje.

Wat golf betreft: zodra er een eind aan zijn honkbalcarrière was gekomen, stortte Warren zich op iets wat naar hij hoopte een nieuwe carrière zou worden. Hij legde contact met een profgolfer ergens in de buurt van Saratoga en speelde en oefende elke dag uren achtereen. Hij was vijfendertig en maakte dus niet veel kans meer, maar hij had het gevoel dat hij niets te verliezen had. Hij kwalificeerde zich voor het Citrus Circuit, een lowbudgettournee door het zuiden van Florida, te vergelijken met de B-klasse van de minor league van honkbal. Hij won zijn tweede toernooi en zijn naam verscheen in kleine lettertjes in de *Miami Herald*. Iemand zag dat. Die iemand vertelde het aan anderen, en ze maakten een vaag plan. Toen Warren op het volgende toernooi op het punt stond zijn eerste bal te slaan, begon een stel fervente Cubs-supporters te schreeuwen en hem uit te schelden. Hij ging bij de bal vandaan, wisselde een paar woorden met hen en wachtte tot er een official tussenbeide kwam. Nu is er op zulke toernooien niet veel bewaking en toezicht, en de hooligans weigerden weg te gaan. Toen zijn eerste bal in een vijvertje terechtkwam, juichten en joelden de Cubs-supporters. Ze volgden hem van hole tot hole, en hij bezweek.

De concentratie van een golfer is fragiel – kijk maar eens naar de strenge regels over het gedrag van toeschouwers op een PGA-toernooi. Maar Warren was ver van de PGA verwijderd, en het Citrus Circuit kon niet veel beginnen tegen de weinige toeschouwers die kwamen opdagen. Ze stalkten Warren Tracey, en overal waar hij speelde, stonden ze paraat. In een toernooi sloeg hij in stilte de eerste drie holes met een birdie en werd hij uitgescholden door een stel grote, agressieve jongemannen toen hij aan de vierde hole wilde beginnen. Zijn scores bleven omhooggaan, tegelijk met zijn bloeddruk, en toen hij in de tweede ronde van zijn vijfde toernooi 88 sloeg, hield hij ermee op.

Blijkbaar zijn er veel Cubs-supporters in Florida, en in de loop van de jaren had Warren nogal wat aanvaringen met hen op golfbanen. Hij had ook vechtpartijen in cafés, winkels en op vliegvelden, en een hele tijd betaalde hij alles contant, dus zonder creditcard. Hij werd een keer voor veertigduizend dollar opgelicht. Dat ging om de aankoop van een flat en hij werd erin geluisd door twee mannen die Cubs-supporters waren. De achternaam Tracey komt niet zoveel voor, en nog jaren na de bal tegen het hoofd kwam Warren erdoor in de problemen.

De oude bewaker laat me het hek passeren. Het is het begin van de avond en echtparen fietsen en wandelen over de voetpaden naast de bochtige straat. De golfbaan is verlaten. Alles is groen en goed verzorgd.

Ik heb opgezocht dat het huis een taxatiewaarde van zeshonderdvijftigduizend dollar heeft en vijf jaar eerder door Warren en Agnes is gekocht. Ik heb het niet bijgehouden, maar het moet ongeveer zijn vijftiende adres in Florida in de afgelopen dertig jaar zijn. Warren is blijkbaar een rusteloos type; hij krijgt snel genoeg van vrouwen en huizen.

Ik heb hem in geen vier jaar gezien. Sara en ik hebben de verplichte Disney World-trip met de meisjes gedaan, en om de een of andere reden leek het me belangrijk voor de kinderen dat ze hun opa van vaderskant ten minste één keer zagen. Het werd een ramp. Hij wilde ons niet in zijn huis hebben en ook niet dat we Agnes ontmoetten. En dus lunchten we met hem in een ketenrestaurant – Wink's Waffles – in de buurt van zijn huis, en hij deed zijn best om beleefd te zijn. Hij had mijn kinderen nooit eerder gezien, en het was pathetisch om Warren in de rol van opa te zien. Hij was een vreemde voor de meisjes, voor Sara, en ook voor mij, en hij voelde zich totaal niet op zijn gemak.

Sara's ouders wonen in Pueblo, Colorado, en we zien ze verscheidene keren per jaar. Ze zijn gek op hun kleindochters en voelen zich echt bij hen betrokken. De meisjes hadden dan ook een duidelijk idee van hoe een opa zou moeten zijn. Warren daarentegen verbijsterde hen. Hij wist hun namen niet precies, vond het helemaal niet nodig een praatje met hen te maken en toonde geen enkele hartelijkheid, want daar had hij geen behoefte aan en was hij ook niet toe in staat, en toen hij een halfuur na het begin van onze kleine familiehereniging op zijn horloge keek, ontging dat niemand van ons.

Na afloop beloofde ik Sara en de meisjes dat ze nooit meer met mijn vader te maken zouden krijgen. Ik wist dat ze achter dat besluit stonden. Later, toen we weer thuis waren, zeiden de meisjes tegen hun moeder dat ze medelijden met me hadden. Ze konden niet begrijpen hoe een aardige man als hun pa zo'n ellendige vader had.

Op het keistenen pad staat een Mercedes van minstens vijftien jaar oud. Ik bel aan, en uiteindelijk doet Agnes open. Dit is de eerste keer dat we elkaar persoonlijk ontmoeten, en het zal van korte duur zijn. We zouden geen van beiden langer dan tien seconden in elkaars gezelschap willen zijn. Ze is het laatste slachtoffer op een lange, trieste lijst van kwetsbare en wanhopige vrouwen die uit eenzaamheid of om een of andere ondoorgrondelijke reden met Warren Tracey hebben willen trouwen. Als ik door de hal achter haar aan loop, vraag ik me af hoeveel echtgenoten ze heeft gehad, maar eigenlijk kan het me niet schelen.

Warren zit in de huiskamer naar de tv te kijken, met een of ander teer schoothondje naast zich op de bank. Hij staat vlug op, weet een glimlach tevoorschijn te toveren en steekt me zijn hand toe. Als ik hem schud, ben ik onder de indruk van zijn uiterlijk. Zijn huid is bleek, zijn bewegingen zijn traag, maar voor een stervende man ziet hij er opvallend gezond uit. Hij zet het geluid van de televisie af, maar laat het toestel aanstaan. Niets wat hij doet, hoe onbeschoft ook, kan me nog verrassen. Ik laat me in een stoel zakken, terwijl Agnes naast de hond op de bank plaatsneemt. Ik zal gauw genoeg van haar af zijn.

We doden even de tijd door over zijn operatie te praten en ik doe alsof ik geïnteresseerd ben. Dan hebben we het over de chemotherapie, die over een week zal beginnen. 'Ik ga het winnen, Paul,' zegt hij, een goed ingestudeerde tekst die hij zonder overtuiging opdreunt. Blijkbaar denkt hij dat het mij iets kan schelen. Hij schijnt te geloven dat ik van New Mexico naar Florida ben gereisd omdat ik me zorgen om hem maak. Ik twijfel er geen moment aan dat als ik in het ziekenhuis lag, of zelfs op mijn sterfbed, Warren Tracey een excuus zou vinden om niet te hoeven komen opdagen. Waarom denkt hij dan dat ik geïnteresseerd zou zijn in zijn chemotherapie?

Waarom? In de loop van de jaren ben ik achter het antwoord gekomen. Hij is bijzonder. Hij is profhonkballer geweest. Hij mag de Hall of Fame dan niet hebben gehaald, maar hij behoort evengoed tot de elite die op de grote velden heeft gespeeld. Zijn hele leven heeft hij doorgebracht in zijn egocentrische, narcistische wereldje, waar hij beter was dan de rest.

Ik zeg nu en dan iets terug om hem te laten doorpraten. Hoe lang duurt die chemotherapie? Wat denken de artsen werkelijk? Ik ken iemand wiens oom vijftien jaar heeft doorgeleefd met alvleesklierkanker. Zou hij nog een keer geopereerd kunnen worden?

Hij vraagt niet naar mijn vrouw, mijn dochters, zijn dochter, haar kinderen. Zoals gewoonlijk gaat het alleen over Warren.

Agnes, die aan de dikke kant is en minstens zo oud als Warren, zit alleen maar de hond te aaien en schaapachtig naar Warren te grijnzen, alsof zijn verhalen heel grappig en origineel zijn. Agnes vindt gauw iets grappig, concludeer ik na tien minuten. Ik vraag me af of het ooit bij haar opgekomen is dat in bijna alle beleefde kringen van haar als gastvrouw zou worden verwacht dat ze me iets te drinken aanbiedt.

Ik kijk haar aan en zeg: 'Zeg, Agnes, ik wil graag een paar dingen onder vier ogen met Warren bespreken. Je weet wel, familiezaken, nogal persoonlijk. Kun je ons tweeën een paar minuten alleen laten?'

Ze vindt dat helemaal niet prettig, maar Warren glimlacht en knikt naar de deur. Ze loopt verontwaardigd de huiskamer uit en doet de deur achter zich dicht. Ik pak de afstandsbediening, zet de televisie uit, leun achterover en zeg: 'Raad eens wie ik vanmorgen heb gezien, Warren.'

'Hoe moet ik dat nou weten?'

'Altijd even ad rem, hè?'

'Ja, altijd.'

'Joe Castle. Die heb ik gezien. Ik was gistermiddag en vannacht in Calico Rock, en vanmorgen heb ik Joe gezien.'

'Je was zeker alleen op doorreis.'

'Nee, helemaal niet. Ik ben daarheen gegaan om hem te zien.'

Zijn schouders zakken nog wat meer in, alsof de lucht zwaarder wordt. Ik kijk hem strak aan, maar hij heeft iets op de vloer gevonden waarop hij zijn blik gericht houdt. Er gaat een minuut voorbij, en dan nog een. Ten slotte bromt hij iets en zegt: 'Wil je soms iets zeggen?'

Ik ga dichter naar hem toe en ga op de rand van de salontafel zitten. Nu ik een halve meter bij hem vandaan ben, besef ik hoe weinig sympathie ik voor die stervende oude man kan opbrengen. Ik voel veel meer woede dan medelijden, maar ik heb mezelf beloofd dat ik niet op ons verleden zou terugkomen. 'Ik wil dat je Joe gaat opzoeken, Warren. Nu, voor het te laat is, voordat je overlijdt, voordat hij overlijdt. Er komt nooit meer een gelegenheid als deze. Ga met hem praten, steek hem je hand toe, vertel hem de waarheid, bied je verontschuldigingen aan, probeer tenminste dit verhaal af te sluiten.'

Hij fronst zijn wenkbrauwen alsof hij hevige pijn lijdt. Terwijl hij me aankijkt, valt zijn mond open en een tijdje kan hij geen woord uitbrengen.

'Ik meen het, Warren. Je hebt dertig jaar gelogen over wat er is gebeurd, maar jij en ik weten allebei de waarheid. Deze ene keer in je ellendige leven moet je ruiterlijk toegeven dat je fout zat en moet je je verontschuldigingen aanbieden. Je hebt nooit een poging gedaan met hem in contact te komen. Je wilde hem nooit onder ogen komen. Je wilde de waarheid nooit onder ogen zien, integendeel. Je hebt gelogen en gelogen en gelogen, totdat je waarschijnlijk in je eigen leugens ging geloven. Hou op met liegen, vertel Joe de waarheid, en zeg tegen hem dat het je spijt.'

'Je hebt wel lef om hier met die onzin te komen aanzetten!' snauwt hij.

'Ik heb veel meer lef dan jij, ouwe. Als je een ruggengraat had, zou je hem opzoeken. Ik ga met je mee. We maken samen de reis, en na afloop heb je een veel beter gevoel over jezelf.'

'Wat ben je toch verstandig!'

'Ja, in elk geval wat dit betreft.'

Zijn bleke gezicht wordt rood van woede, maar hij houdt zich in. Er gaat weer wat tijd voorbij. 'Wat heb je tegen hem gezegd?' vraagt hij.

'Niets. We hebben niet gepraat. Ik zag hem vanuit de verte. Hij loopt mank en met een stok, dankzij jou.'

'Het was niet mijn bedoeling hem te raken.'

Ik steek beide handen omhoog en lach. 'Daar gaan we weer. Het is de grootste leugen uit de geschiedenis van het georganiseerde honkbal, en wat nog erger is: iedereen weet dat het een leugen is, jij net zo goed als ik.'

'M'n huis uit!'

'Straks. We moeten de waarheid onder ogen zien, Warren. Jij haalt de kerstdagen niet meer. Je maakt heel weinig kans. Als je doodgaat, zullen degenen die je kent geen dingen zeggen als: "Die goeie ouwe Warren, hij hield van zijn kinderen." Of: "Die goeie ouwe Warren, wat een beste kerel!" Of: "Warren hield echt van zijn vrouwen." Niets van dien aard, Warren, want het past niet bij je. Het enige wat in je necrologie komt te staan, als je die al krijgt, is het feit dat je een bal naar iemands hoofd hebt gegooid en daarmee de geschiedenis in bent gegaan. En dat je daarmee opzettelijk een van de meest veelbelovende carrières aller tijden hebt verwoest. Dat zullen ze zeggen, Warren, en daar kun je niets aan veranderen.'

'Verdwijn alsjeblieft.'

'Dat wil ik dolgraag, Warren, maar laat me eerst even uitspreken. Je kunt nooit ongedaan maken wat je aan ellende hebt veroorzaakt: de verwaarloosde kinderen, de gekwelde zoon, de mishandelde vrouw, het alcoholisme, de schuinsmarcheerderij, het lange spoor van rottigheid dat je hebt achtergelaten.

Dat kun je niet herstellen, Warren, gesteld al dat je dat zou willen, wat volgens mij niet zo is. Maar er is één persoon met wie je contact kunt leggen en wiens leven je misschien een beetje minder somber kunt maken. Doe het, Warren. Doe het voor Joe. Doe het voor jezelf. Doe het voor mij.'

'Je bent gek geworden.'

Ik grijp in mijn jasje en haal er opgevouwen papieren uit. 'Ik wil dat je dit leest, Warren. Het heet "De bal tegen het hoofd van Joe Castle", geschreven door Paul Tracey, zoon van Warren. Ik heb het vele jaren geleden geschreven en ik heb het wel duizend keer bijgewerkt. Elk woord is waar. Ik ben van plan het zo gauw mogelijk na je dood te publiceren. Ik begin met *Sports Illustrated*, *Baseball Monthly*, de kranten in Chicago, daar ben ik niet zeker van, maar ik durf te wedden dat iemand het wel wil afdrukken. Ik wil er geen cent voor hebben. Ik wil dat de waarheid bekend wordt.' Ik laat de papieren op zijn schoot vallen. 'Er is maar één manier waarop je kunt voorkomen dat dit wordt gepubliceerd: met me meegaan naar Calico Rock en met Joe praten.'

'Chantage?'

'Je slaat de spijker op z'n kop, Warren. Ouderwetse chantage, maar om een goede reden.'

Ik gooi een visitekaartje op de bank en zeg: 'Ik neem een kamer in het Best Western hier verderop. Als je wilt praten, zie ik je morgenvroeg om negen uur op je favoriete stek, Wink's Waffles.'

Hij krabde op zijn voorhoofd toen ik de kamer verliet. Op mijn weg naar buiten kwam ik Agnes niet tegen.

Ik neem een kamer in het Best Western, bel naar huis en praat met Sara, en dan ga ik naar beneden om iets te eten. Het restaurant is leeg en weinig aanlokkelijk, maar in de lounge zitten een paar vertegenwoordigers te drinken en verhalen uit te wisselen. Ik kies een tafel, bestel een sandwich en een glas thee en zie een televisie in een hoek. De Cubs spelen tegen de Mets, met het geluid uit. Ik kijk ernaar. Het is de eerste honkbalwedstrijd die ik in dertig jaar zie.

16

Op 8 september 1973 was Warren Tracey eerste werper tegen de Padres in San Diego. Hij gaf twee slagmannen een vrije loop in de eerste inning, maar herstelde zich met een dubbelspel waarbij de honken bezet waren. Hij gaf er in de tweede inning nog twee een vrije loop en gaf toen de ene tweehonkslag na de andere prijs. Op de radio noemde Ralph Kiner zijn werpprestaties 'slagoefeningen'. Toen Yogi Berra hem verving, hadden de Padres een voorsprong van vijf punten en twee lopers op de honken. De Mets, die acht van hun laatste tien wedstrijden hadden gewonnen, verkeerden in grote moeilijkheden.

In zijn laatste drie wedstrijden had Warren drie innings voltooid. Hij had twaalf honkslagen doorgelaten, zeventien honken in totaal, had dertien vrije lopen gegeven en had een *earned run average* dat de drie cijfers benaderde. Sinds hij Castle een bal tegen het hoofd had gegooid, kon hij niet meer naar binnen gooien, en iedere slagman in de National League wist dat. De sportjournalisten en supporters uit New York schreeuwden om zijn hoofd en het was duidelijk dat de Mets iets moesten doen. Het team won wedstrijden, met uitzondering van Warren, en er werd openlijk over gespeculeerd wie hem in de opstelling zou vervangen.

En er werd nog meer druk uitgeoefend. Op 15 september zouden de Mets in Chicago aankomen voor een serie van drie wedstrijden, en er was een heel goede kans dat het tot bloedvergieten zou komen zodra Warren Tracey op Wrigley Field zou verschijnen. De doodsbedreigingen stroomden binnen

– in het kantoor van de Mets, in anonieme brieven aan kranten, in de huizen van sommige Mets-spelers. De sportjournalisten in Chicago vroegen zich af hoe gevaarlijk Wrigley Field zou zijn als de Mets zo onverstandig waren Tracey op de werpheuvel te zetten. Wedstrijdleider Bowie Kuhn volgde de ontwikkelingen aandachtig.

Op 14 september, drie weken na de bal tegen Joe Castles hoofd, werd Warren Tracey door de Mets ontslagen.

Natuurlijk belde mijn vader niet naar huis met het nieuws dat hij niet meer meespeelde. Daarvoor zouden een zekere rijpheid en moed nodig zijn geweest. De Mets waren in Los Angeles, en toen ik de radio afstemde op het programma dat aan de wedstrijd voorafging, hoorde ik Lindsey Nelson en Ralph Kiner commentaar geven op de beslissing van de Mets om Warren Tracey de laan uit te sturen. Hij had zichzelf uit zijn baan geworpen, en ze praatten een tijdje over zijn seizoen en carrière. Een maand eerder had hij op zeven en zeven gestaan en wierp hij nog goed. Maar sinds het incident met Castle was hij een ramp geweest.

Ik hoorde de opluchting in de stemmen van Nelson en Kiner. Niemand die met de Mets meereisde, wilde de volgende dag naar Wrigley Field gaan als Warren Tracey daar ook was.

Mijn moeder was op de tennisclub, een paar straten bij ons vandaan. Ik vond dat ze het nieuws dat haar man plotseling werkloos was moest horen; hoe eerder, hoe beter. Ik reed er op mijn fiets naartoe, zag vanuit de verte dat ze aan het tennissen was, en toen ze klaar was, sprak ik haar aan zodra ze de baan verliet. Ze reageerde getroffen. Hij was niet alleen uit het team gezet, maar hij was ook vierendertig, en dat betekende dat zijn carrière voorbij was. Ik wist niet hoeveel geld ze hadden gespaard, als ze dat al hadden gedaan, al was mijn moeder altijd nogal zuinig geweest. En nu hij niets te doen had, zou hij vaker thuis zijn, iets waarop we ons geen van beiden verheugden.

Ons wereldje stortte in. Mijn vader had geen werk meer en had zijn beste tijd gehad. Hij dronk meer, bleef meer van huis weg en maakte meer ruzie met mijn moeder, die op een nieuw leven zinspeelde, een leven zonder hem. Vanwege de anonieme telefoontjes hadden we twee keer een nieuw nummer genomen en nu hadden we een geheim nummer. Vaak stond er een politiewagen voor ons huis geparkeerd. We waren bang.

De Cubs wonnen twee van de drie wedstrijden tegen de Mets. Er werd niet gevochten, er werden geen ballen naar iemands hoofd gegooid en er werd niemand uit het veld gestuurd. Toen de serie begon, maakten de teams allebei een kans op de eerste plaats in de National League East en niemand kon zich een schorsing of blessure veroorloven.

Zonder Joe hadden de Cubs elf wedstrijden gewonnen en dertien verloren. De voorsprong van tien wedstrijden die ze drie weken hadden gehad, was geslonken tot één. Ze zakten weg, terwijl de Mets opkwamen. In de ogen van Cubs-supporters was Joe Castle met opzet uitgeschakeld door de Mets, die hem van het veld hadden willen hebben, zodat het Cubs-team minder goed zou presteren. Warren Tracey was de ideale vechthond voor de Mets – een middelmatige koppensneller die het vuile werk kon opknappen en die je daarna aan de kant kon zetten. Seaver, Koosman en Matlack konden hun handen in onschuld wassen.

Dat was niet zomaar wat borrelpraat. Veel sportjournalisten in Chicago kwamen nu ook met complottheorieën en wakkerden het vuurtje aan.

Er was nog steeds de vurige, zij het vervagende, droom dat Joe uit zijn coma zou ontwaken, het bed uit zou springen, het ziekenhuis uit zou rennen en zou verdergaan met waar hij mee bezig was geweest. Maar met elke dag die verstreek drong de realiteit een beetje dieper tot iedereen door. Wacht maar tot volgend jaar, zeiden de Cubs altijd, maar nu meenden ze het.

Wacht maar tot volgend jaar, als Joe terug is en hij een jaar ouder en ervarener is. Wacht maar af.

Op 18 september, de dag nadat de serie was afgelopen en de Mets naar Montreal waren vertrokken, werd Joe Castle wakker en sprak hij met een verpleegster. Dat werd gemeld op het plaatselijke radiostation, en mijn moeder hoorde het eerder dan ik. Ze vertelde het me, en ik reed naar Tom Sabbatini's huis om over dat opwindende nieuws te praten. Meneer Sabbatini wist wat ik doormaakte en bood aan ons de volgende zaterdag naar het ziekenhuis te brengen.

De volgende dag ging ik na schooltijd naar de bibliotheek en las de verslagen in de *Tribune* en de *Sun-Times*. Joe was er nog steeds slecht aan toe, maar hij was nu tenminste bij bewustzijn, en hij praatte en at. Red was bij hem en was bereid een verslaggever van de *Tribune* tien minuten in de kamer toe te laten. De verslaggever vroeg Joe hoe hij zich voelde, en zijn antwoord was: 'Ik heb me weleens beter gevoeld.' De verslaggever schreef dat hij verdoofd en versuft was en niet altijd op vragen reageerde. Er werd een hartverscheurende foto gemaakt van Joe Castle met zijn hoofd in dik gaasverband, ongeveer als een oorlogsslachtoffer. Zijn rechteroog was ook afgedekt. Het oog baarde zijn artsen veel zorgen.

Het Mount Sinai Hospital werd overstroomd met kaarten, bloemen, geschenken en bezoekers die Joe wilden zien. Er was een tijdelijke uitstalkast neergezet in een grote, open hal op de begane grond. In het midden stond een grote foto van Joe – de foto die ook op het omslag van *Sports Illustrated* had gestaan – en aan weerskanten stonden hoge, brede prikborden. Honderden supporters hadden daar briefjes, kaarten en brieven voor Joe op geprikt. Onder de prikborden stonden dozen met bloemen, bonbons en andere geschenken.

Tom en ik schreven brieven, al lieten we die niet aan elkaar lezen voordat we ze in een envelop stopten. In een poging om

Joe's aandacht te krijgen begon ik mijn brief met: 'Beste Joe, ik ben Paul Tracey, Warrens zoon. Ik vind het zo erg wat mijn vader heeft gedaan.' Ik vertelde daarna dat ik zijn carrière op de voet had gevolgd, dat ik hem geweldig vond en dat ik heel graag wilde dat hij beter werd en weer op het veld kwam te staan.

Op zaterdagmorgen namen we de trein naar de stad. Het was een mooie herfstdag. De bladeren verkleurden en dwarrelden omlaag toen we door Central Park liepen. Toen we vanaf 5th Avenue in het ziekenhuis kwamen, stond op een met de hand geschreven bord JOE CASTLE-MUUR, met een pijl naar links. We vonden de muur en prikten onze brieven naast elkaar, zo dicht mogelijk bij de foto. Een vrijwilligster legde uit dat de brieven, kaarten en geschenken elke twee of drie dagen werden opgehaald en op een geschikt moment in de toekomst aan de heer Castle zouden worden overhandigd. Ze bedankte ons voor onze komst.

'Waar is hij?' vroeg ik.

Ze keek op en zei: 'Op de derde verdieping, maar daar mogen jullie niet komen.'

'Hoe gaat het vandaag met hem?'

'Ik heb gehoord dat hij vooruitgaat,' zei ze, en ze had gelijk. Volgens de kranten ging hij langzaam vooruit, maar het was twijfelachtig of hij ooit een dramatische comeback zou kunnen maken. We bleven daar nog even om de brieven, kaarten en geschenken te bekijken. Ik keek door de brede gangen in de verte, waar de typische ziekenhuisdrukte heerste. Ik kwam in de verleiding af te dwalen, de liften te zoeken en op de een of andere manier naar de derde verdieping te gaan om daar Joe's kamer binnen te glippen en een praatje te maken. Maar mijn gezond verstand kreeg de overhand.

Meneer Sabbatini was opgegroeid in de Lower East Side en kende de stad zo goed als een taxichauffeur. Hij was ook een

Yankees-supporter en een aardige kerel. Hij had kaartjes, en we namen de metro naar de Bronx, naar The House That Ruth Built, en brachten een geweldige middag door. We zagen de Yankees, met Thurman Munson, Graig Nettles en Bobby Murcer, tegen de Orioles spelen, met Brooks Robinson, Boog Powell en Paul Blair.

Tom en ik vonden het nu nogal kortzichtig van onszelf om als enige toekomstige competitie voor de National League te kiezen. We bespraken de mogelijkheid om ook voor een team in de American League te gaan spelen. Meneer Sabbatini vond dat heel verstandig van ons.

Toch was er iets veranderd. Mijn dromen waren niet meer zo helder en opwindend. Mijn liefde voor de honkbalsport ging niet meer zo diep. Ik maakte grappen met Tom over de verschillende American League-teams die aanvaardbaar voor ons zouden zijn. We bespraken de belangrijke factoren – tenuekleuren, stadiongrootte, behaalde overwinningen, grote spelers in het verleden, enzovoort – maar het was niet meer zo leuk als het een maand geleden was geweest.

Meneer Sabbatini luisterde en lachte en gaf ons zijn advies. Hij was een buitengewoon aardige man, die altijd tijd voor ons had en altijd vriendelijke opmerkingen maakte. Hij maakte zich blijkbaar vooral zorgen om mij. Hij begreep welke schokkende gebeurtenissen mijn wereld op z'n kop zette, en hij wilde me laten weten dat hij aan mijn kant stond.

17

Om halfnegen loop ik Wink's Waffles binnen en vraag om een tafel bij het raam. De zaak zit vol ouderen die veel te veel calorieën verorberen wegens de nieuwste bonnenactie om 65-plussers te trekken. Omdat de gastvrouw me niet graag de plaats wil geven die ik wil hebben, zeg ik tegen haar dat ik minstens drie anderen verwacht. Dat werkt, ik krijg mijn tafel. Als ik het me goed herinner, zit ik nu heel dicht bij de tafel waar we vier jaar geleden zaten, toen mijn dochters hun opa van vaderskant voor de eerste en laatste keer ontmoetten. Ik drink koffie, lees de krant en kijk naar het parkeerterrein.

Om vijf voor negen rijdt er een golfwagentje over het pad naast het restaurant. Het is Warren, in zijn eentje. Hij parkeert in een rij van nog meer van die wagentjes, staat langzaam op, strekt zijn rug en begint te lopen met de voorzichtige bewegingen die je zou verwachten van iemand die van een zware operatie herstelt. Hoe ziek hij ook is, hij heeft nog steeds de onmiskenbare manier van lopen van een oude man die ooit een groot sporter is geweest. Opgeheven hoofd, de borst naar voren, een beetje zwierig. Hij heeft papieren in zijn hand, ongetwijfeld mijn eigen verhaal over de bal die hij naar Joe's hoofd heeft gegooid.

Ik wuif even naar hem en hij komt bij me zitten; geen handdruk, geen glimlach. Zijn ogen zijn rood en opgezet. Blijkbaar heeft hij niet goed geslapen. Hij begint met een vriendelijk: 'Je kunt dit gelul niet laten afdrukken.'

'Ook goedemorgen, Warren. Goed geslapen?'

'Je hebt me gehoord.'

'Ik kan het en ik doe het, Warren. Waarom zo grof in de mond? Heeft het je een beetje te diep getroffen? Je wilt toch niet beweren dat het allemaal leugens zijn?'

'Het zijn allemaal leugens.'

De serveerster komt en hij bestelt koffie. Als ze weg is, zegt hij: 'Wat probeer je te bewijzen?'

'Niets. Ik wil je alleen maar dwingen de gevolgen onder ogen te zien – een van de weinige keren in je leven.'

'Wat ben je toch een wijs man.'

'Ik probeer niet wijs te zijn, Warren. Je hebt veel losse eindjes in je leven en dit is een los eindje dat je kunt wegwerken voordat je er niet meer bent.'

'Ik ga nergens heen. Ik vecht met hand en tand tegen die ziekte, en mijn artsen weten veel meer dan jij.'

Ik treed niet met hem in discussie over de vraag of hij doodgaat. Als hij denkt dat hij tot de gelukkige vijf procent behoort die na vijf jaar nog leeft, zal ik hem niet tegenspreken. Zijn koffie komt, en de serveerster vraagt naar de anderen die zich misschien nog bij ons voegen.

'We zijn met z'n tweeën,' zeg ik.

'Wilt u nu bestellen?'

'Ja, doe mij maar een wafel. Bosbessen, met worst.'

'Ik hoef niets,' zegt hij bot, en hij wuift haar weg.

'Wie gaat volgens jou die onzin afdrukken?' vraagt hij.

'Lees je *Sports Illustrated*?'

'Nee.'

'Er werkt daar een senior journalist die Jerry Kilpatrick heet. Honkbal is zijn favoriete sport. Hij komt uit Chicago en is van mijn leeftijd. Ik heb twee keer met hem gepraat en hij is geïnteresseerd in het verhaal en in de waarheid. In Chicago zullen ze Joe Castle nooit vergeten en Kilpatrick denkt dat het een geweldig verhaal zou zijn. Zeker wanneer jij er niet meer bent.'

'Jij kent de waarheid niet,' gromt hij.

'Die kennen we allebei, Warren.'

Hij neemt een slokje van zijn koffie en kijkt uit het raam. Ten slotte zegt hij: 'Je weet niet waar je het over hebt. Je kent de honkbalsport niet.'

'Heb je het nu over de code, Warren? Die kleine ongeschreven regels van het honkballen, zoals regel één, dat je iemand een bal tegen zijn hoofd moet gooien om hem van de plaat af te krijgen, en regel twee, dat je wraak moet nemen als een van je spelers wordt geraakt, en regel drie, dat je iemand op zijn nummer moet zetten als hij de werper vernedert? Regel vier en vijf weet ik niet meer. Heb je het daarover, Warren? In dat geval zit je er finaal naast, want Joe hing niet over de plaat heen, niemand gooide naar jullie slagmannen en Joe deed niets om je te vernederen. Je wilde hem op zijn hoofd raken omdat je jaloers was op zijn succes, en omdat je ervan hield spelers te raken en moeilijkheden te veroorzaken, en, ach, ik weet het niet, Warren, wat was de reden van die bal? Je mikte zo vaak op iemands hoofd. Misschien besefte je dat je hem niet uit kon krijgen en gooide je daarom die bal. Was dat het, Warren?'

'Je hebt geen flauw idee.'

'Oké, leg het me dan maar eens uit, Warren. Waarom heb je er geen spijt van dat je Joe Castle opzettelijk in zijn gezicht hebt gegooid?'

'Het hoort bij het spel, zoals een footballspeler die zijn nek breekt of zijn knie kapot schopt, zodat hij nooit meer kan spelen. De bokser met hersenletsel. De autocoureur die tijdens een crash verongelukt. De skiër die van een berg valt. Het hoort nu eenmaal bij sport, ja? Er gebeuren nu eenmaal akelige dingen, en als ze gebeuren, barst je niet in huilen uit en ga je je niet verontschuldigen of proberen het weer goed te maken. Dat is niet het spel zoals ik het kende.'

Ik ga daar niet tegenin. Ik zou een uur lang gaten in zijn verknipte logica kunnen schieten zonder iets te bereiken. We zwijgen even en luisteren naar de gesprekken om ons heen.

Met zijn tweeën alleen, voor het eerst in tientallen jaren. Ik kan me niet eens de laatste keer herinneren dat ik met mijn vader alleen was. Ik heb hem een keer of vijf gezien sinds hij ons verliet, en in maar twee van die gevallen was het zijn idee om elkaar te ontmoeten. Ik zou hem zoveel willen zeggen, allemaal onaangename dingen, en ik moet me verzetten tegen de aandrang om hem al die rottigheid voor de voeten te werpen. Maar ik heb me voorgenomen hem er niet van langs te geven. Gezien zijn houding van dit moment denk ik niet dat Warren Tracey op z'n krent zou blijven zitten als ik een rondje verbaal geweld op hem afvuurde. Hij is nog steeds een vechter.

De serveerster brengt de wafel, een dik dessertachtig geval met een heleboel slagroom. Ik neem een hap van een saucijsje, iets wat Sara nooit zou kopen, en ga verder met ons gesprekje. 'Dus na dertig jaar geef je eindelijk toe dat je Joe met opzet hebt geraakt?'

'Tegen jou zeg ik liever niets, want dan voeg je het misschien aan dat verhaaltje van je toe. Omdat je toch al bezig bent familiezaken op straat te gooien, vertrouw ik je niet.'

'Kan ik me voorstellen. Ik verzeker je dat alles wat je vandaag zegt niet in dat verhaal wordt opgenomen.'

'En toch vertrouw ik je niet.'

'Ik ga niet in discussie over dingen als vertrouwen en verantwoordelijkheid, Warren. Waarom heb je die bal naar Joe Castle gegooid?'

'Het was een arrogante knaap, en het stond me niet aan wat hij met Dutch Patton had gedaan. Dutch en ik hadden samen in Cleveland gespeeld.'

'Hij was geen arrogante knaap, niet meer dan iedere willekeurige andere major league-speler. En je speelde niet met Dutch Patton in Cleveland. Dutch heeft nooit voor de Indians gespeeld.' Terwijl ik hem blijf aankijken, neem ik een hapje van de wafel. Zijn mond valt open en zijn ogen schitteren, alsof hij op het punt staat me een stomp te geven. Plotseling gaat er een pijnscheut door zijn borst. Hij trekt een grimas en blaast abrupt zijn adem uit. Ik was vergeten wat hij doormaakt.

'Gaat het wel?' vraag ik.

'Het gaat prima.'

'Je ziet er anders niet prima uit.'

'Ik red me wel. Ik denk erover morgen te gaan golfen.'

Ik stel het op prijs dat hij van onderwerp verandert. We praten een paar minuten over golf en dat komt de stemming aanzienlijk ten goede. Dan wordt de sfeer weer somberder als ik besef dat hij sinds zijn zesde golf heeft gespeeld. Hij won de Maryland Open toen hij zeventien was. En hij heeft nooit ook maar één rondje met mij gespeeld. Ik weet wat DNA is, maar de man aan de andere kant van de tafel is alleen maar mijn biologische vader. Niets meer dan dat.

Ik werk de wafel en de saucijsjes vlug naar binnen en schuif het bord opzij. 'Je probeerde uit te leggen waarom je Joe die bal naar zijn hoofd hebt gegooid. Ik geloof dat we dat deel van het gesprek nog niet hebben afgemaakt.'

'Jij weet alles zo goed. Waarom verklaar jij het dan niet?' snauwt hij kwaad.

'O, ik weet het wel, Warren. Ik weet het al heel lang. Er waren verschillende redenen waarom je Joe wilde raken, allemaal verknipte, gestoorde redenen, maar zoals je zegt: dat was je spel. Het zat je dwars dat hij succes had en zoveel aandacht kreeg. In je verwrongen geest vernederde hij jou toen hij in de eerste inning zijn homerun sloeg. Je wilde de eerste harde jongen zijn die hem op zijn hoofd trof. Je hield ervan mensen te slaan en moeilijkheden te veroorzaken. En je was jaloers omdat ik, net als talloze andere kleine jongens in de zomer van 1973, Joe Castle aanbad. Je sloeg mij. Je probeerde het goed te maken, probeerde mijn held te zijn, en je kon de gedachte niet verdragen dat ik ervan droomde een andere speler te worden. Waarschijnlijk speelde er nog meer mee, maar dit is al genoeg. Ik heb geen toegang tot jouw gedachten. Gelukkig niet.'

'Dus het ging allemaal om jou?'

'Dat heb ik niet gezegd, Warren. Alleen dat je weet waarom je het deed. Het is misselijk dat je het niet kunt toegeven. Je hebt dertig jaar gelogen en nooit het lef gehad om toe te geven wat je hebt gedaan.' Dat klonk harder dan ik wilde.

Zijn schouders zakken een beetje in en er staan nu kleine zweetdruppeltjes op zijn voorhoofd. Hij knijpt in zijn neus en zegt bijna mompelend: 'Het spijt me dat ik je heb geslagen, Paul.'

Ik sla gefrustreerd mijn ogen ten hemel en zou willen vloeken. 'Je hebt je daar wel honderd keer voor verontschuldigd, Warren. Ik ben hier niet vanwege de klappen die je me gaf. Ik ben hier niet om je tekortkomingen als vader naar boven te halen. Die heb ik al lang geleden begraven.'

Met een papieren servet veegt hij het zweet van zijn gezicht. Zijn huid heeft het beetje kleur dat hij nog had nu ook verloren. Hij neemt een slokje koffie en kijkt me aan. Met een stem die opeens zwak en schor klinkt zegt hij: 'Ik gooide die bal naar Joe, maar ik zweer je dat ik hem geen kwaad wilde doen.'

Ik verwachtte dat al, een van de grootste leugens uit de honkbalsport, een van de zwakste excuses uit de sportgeschiedenis. Ik schud ongelovig mijn hoofd en zeg: 'Goh, wat een verrassing. Dezelfde stomme uitvlucht die werpers al honderd jaar gebruiken. Dus even voor alle duidelijkheid, Warren. Je gooide met opzet een snelle bal naar het gezicht van een slagman, een bal van honderdvijftig of misschien wel honderdzestig kilometer per uur, op achttien meter afstand, een afstand die hem nog geen seconde de tijd geeft om te reageren, met de intentie, de vooropgezette bedoeling, de droom, om hem ergens boven de hals te raken en tegen de grond te gooien, bij voorkeur in bewusteloze staat. Als ze hem wegdragen, is dat geen probleem. Als hij een paar wedstrijden moet missen, is dat geen probleem. Maar wanneer zo'n bal ernstige schade aanricht, kun je je verbergen achter het bekende verhaal: "Goh, het was niet mijn bedoeling hem letsel toe te brengen." Zie je dan niet hoe belachelijk dat is, Warren? Hoe idioot dat overkomt?'

Opnieuw hoor ik hoe hard dat klinkt, maar ik vecht nu tegen mijn woede.

Hij laat zijn hoofd zakken, knikt naar iets en kijkt dan door het raam. Er staat een groep senioren bij de voordeur te wachten. De gastvrouw kijkt steeds onze kant op. Ik denk dat ze onze tafel wil, maar ik heb geen haast.

Ten slotte mompelt hij: 'Het hoorde gewoon bij het spel.'

'Jouw spel misschien,' zei ik meteen. 'Maar ja, je was een koppensneller.'

'Dat was ik niet.'

'Waarom gooide je die ballen dan naar hun hoofd? Waarom gooide je niet naar Joe's dij of heup of ribben, iets onder de schouder? Zo moet het toch volgens de code, Warren? Volgens de code moet je soms iemand raken – dat begrijp ik. Maar de code houdt ook in dat je nooit naar iemands hoofd gooit. Maar jij was een harde jongen, hè, Warren? Je wilde Joe op zijn hoofd treffen.'

'Ik heb genoeg van dit gesprek. Wat wil je, Paul?'

'Laten we samen een reisje maken. We gaan naar Calico Rock. Je kunt met Joe om de tafel gaan zitten en hem een hand geven, zeggen wat je wilt zeggen, een lang gesprek voeren over de wedstrijd, over het leven, over wat dan ook. Ik ben erbij. Joe heeft twee broers die voor hem zorgen. Die zijn er vast ook bij. Het zal veel betekenen voor Joe en zijn familie. Ik verzeker je dat je er geen spijt van zult hebben, Warren. Laten we dit hoofdstuk afsluiten. Nu.'

Hij pakt mijn verhaal op en zegt: 'En als ik het niet doe, laat je dit na mijn dood afdrukken?'

'Dat is het plan,' antwoordde ik. Ik betwijfel nu of chantage een goede strategie was.

Vlug scheurt hij het in tweeën. Hij gooit mij de stukken papier toe en zegt: 'Ga je gang. Dan ben ik toch dood.' Hij staat op en loopt door de drukte naar de voordeur – vrij kwiek voor zo'n oude zieke man. Hij stapt in het golfwagentje, pakt het stuur vast en blijft staan alsof hij weer door een scherpe pijnscheut wordt getroffen. Hij staart voor zich uit, wachtend, diep in gedachten verzonken, en een ogenblik denk ik dat hij misschien van gedachten is veranderd.

Dan rijdt hij weg. Ik ben er zeker van dat ik hem nooit terug zal zien.

18

Op 23 september kwamen de artsen met een verklaring over Joe's conditie. Vanwege het letsel aan de oogzenuw had Joe minstens tachtig procent van het gezichtsvermogen in zijn rechteroog verloren en dat was onherstelbaar. De kans dat Joe ooit weer zou honkballen was naar hun mening 'extreem klein'.

Het nieuws brak het hart van de Cubs-supporters. Hun jaarlijkse voorspelling 'wacht maar tot volgend jaar' verloor al haar belofte en opwinding. Het grootste talent in hun lange, gefrustreerde geschiedenis zou nooit meer spelen.

Het zette ook een domper op het moreel van de spelers. Joe's teamgenoten ploeterden zonder hem voort, en het nieuws uit New York was vernietigend. Later die middag werden ze ingemaakt door de Braves en ze zouden de volgende drie wedstrijden ook verliezen, waarna ze twee wedstrijden achter zouden liggen op de Mets, die wonnen en op het punt stonden kampioen van de National League East te worden. De Mets zouden de Reds ook nog verslaan, en wel zonder dat een speler meer dan .300 sloeg of een werper twintig wedstrijden won. In de wederopstanding van de Mets speelden ze zeven wedstrijden tegen de A's en verloren ze vervolgens de World Series.

Aan de wonderbaarlijke, maar tragische carrière van Joe Castle was een eind gekomen. Zijn cijfers waren zinsbegoochelend. In achtendertig wedstrijden had hij honderdzestig slagbeurten gehad, achtenzeventig enkele honkslagen gemaakt, eenentwintig tweehonkslagen, acht driehonkslagen, eenentwintig homeruns gelopen, eenendertig honken gestolen en veertig binnengeslagen punten op zijn naam gebracht. Zijn slaggemiddelde van .488 was het hoogste aller tijden, maar hij zou daarmee niet in de recordboeken komen omdat hij niet genoeg wedstrijden had gespeeld. Andere records zouden wel worden opgenomen: (1) de eerste nieuweling die drie homeruns sloeg in zijn eerste wedstrijd, (2) de eerste nieuweling die honkslagen maakte in alle slagbeurten van zijn eerste negentien wedstrijden, (3) de eerste nieuweling die een honk stal in negen achtereenvolgende wedstrijden, (4) de eerste nieuweling die een tweede en derde honk stal in zeven verschillende wedstrijden, en vooral (5) vijftien honkslagen in vijftien achtereenvolgende slagbeurten. Hij evenaarde andere records voor nieuwelingen, waaronder dat van vier honkslagen in zijn eerste wedstrijd.

Maar op 23 september 1973 hadden die cijfers weinig betekenis voor hem en zijn supporters.

Uiteindelijk kwam mijn vader na zijn ontslag bij de Mets naar huis, en tijdens de eerste gezinsmaaltijd probeerde hij opgewekt over zijn toekomst te praten. Verschillende teams zouden in hem geïnteresseerd zijn voor het seizoen 1974. Er waren onderhandelingen aan de gang en er werden aanbiedingen gedaan. We luisterden en deden alsof we hem geloofden, maar we kenden de waarheid.

Om zich bezig te houden schilderde hij de binnenkant van de garage, bracht hij nieuwe goten aan en werkte hij aan zijn auto. Het leek erop dat hij van plan was daar een hele tijd te blijven wonen.

Mijn moeder ging veel tennissen en zocht stiekem naar een baan.

Op een middag kwam ik thuis van school en wilde ik, zoals gewoonlijk, zo gauw mogelijk weer vertrekken om naar de Sabbatini's te gaan. Mijn vader zat in de huiskamer tv te kijken, en toen ik door het huis liep, zei hij: 'Zeg, Paul, heb je tijd om een balletje te gooien? Ik moet mijn armspieren los houden.'

Hoe graag ik ook nee wilde zeggen, ik kon het niet. 'Ja.'

Ik had me heilig voorgenomen nooit meer een honkbal met mijn vader te gooien.

... een open ruimte in de tuin waar we een kleine backstop en een houten thuisplaat hadden. Hij pakte me bij mijn arm vast en zei: 'Punt één, negeer me nooit meer op die manier. Begrepen? Ik ben je vader en ik weet duizend keer meer van honkbal dan die malloten die zich coach noemen.' Ik probeerde me los te trekken, maar zijn nagels boorden zich in mijn huid. Hij werd kwader bij elke seconde die verstreek. 'Begrepen? Negeer me nooit meer.'

'Ja, pa,' zei ik, maar alleen om niet geslagen te worden.

Hij liet me los en legde zijn vinger onder mijn kin. 'Kijk me aan,' snauwde hij. 'Kijk me in de ogen als ik tegen je praat. Er is een goede manier en er is een verkeerde manier om dit spel te spelen, en jij doet het helemaal verkeerd. Je mag je nooit, ik herhaal, nooit op die manier door een slagman laten vernederen. Dat geldt op elk niveau van de sport. Het kan me niet schelen of je acht jaar oud bent of in de World Series speelt: je mag je nooit op die manier door een slagman laten vernederen. Ik zal je laten zien hoe je zo'n klootzak aanpakt. Ga daar eens staan.'

Ik nam de knuppel en ging in slaghouding op de plaat staan. Hij liep een meter of vijftien achteruit. Hij droeg zijn handschoen, en daar had hij drie honkballen in. Ik was een kind van elf zonder helm en ik stond tegenover een werper van de Mets, een man die niet alleen kwaad was, maar mij ook weleens zou leren hoe je een bal tegen een slagman aan moest gooien.

'Volgens de code moet hij worden geraakt, dus de volgende keer dat hij met zijn arrogante kop op de plaat gaat staan, moet je hem raken. Net als wanneer een van je teamgenoten door een werper wordt geraakt – dan moet je je team beschermen. Luister je naar me?'

'Ja, pa.'

'Ik doe het met drie worpen. Sommige kerels gooien meteen bij de eerste worp de bal op ze af. Dat doe ik niet, want de meeste slagmannen verwachten het bij de eerste worp. Ik misleid ze. Mijn eerste worp is een snelle bal die een eindje wijd gaat.'

Hij haalde uit met zijn arm en gooide een snelle bal die een beetje wijd ging. De bal was niet op volle snelheid, maar ik was ook nog maar een kind. Het leek mij afschuwelijk snel.

'Niet weglopen!' gromde hij. 'Tweede worp net als de eerste.' Hij haalde weer uit en gooide opnieuw een snelle bal die een beetje wijd was.

'Oké, nu neem je die rotzak te grazen. Hij buigt een beetje naar binnen omdat hij denkt dat ik op de buitenhoek mik, en hij denkt dus niet dat hij een bal tegen zich aan krijgt. Ik ga je niet op je hoofd gooien, dus stap niet opzij, oké? Ga in de slaghouding staan, Paul, net als een echte speler.'

Ik was doodsbang en kon niet bewegen. Hij haalde uit en gooide de bal naar me, niet hoog en niet zo hard als hij kon, maar toen de bal mijn dij raakte, deed het verschrikkelijk pijn, en ik denk dat ik schreeuwde. Hij riep: 'Kijk. Je overleeft het wel. Zo doe je dat. Twee snelle ballen wijd en dan raak je de schoft, bij voorkeur op zijn kop.' Hij liep vlug langs me en pakte de drie honkballen op, terwijl ik over mijn dij wreef en mijn best deed om niet te huilen. 'Geef me de knuppel en ga je handschoen halen,' zei hij.

Ik was nu de werper en hij stond op de plaat. 'Twee keer een snelle bal wijd. Vooruit.'

Ik wierp de eerste in het gras, een meter naast de plaat. 'Je moet in de handschoen van de achtervanger gooien, Paul. Kom op, verdomme,' snauwde hij, terwijl hij met de knuppel zwaaide als een echte slagman. Het slaggemiddelde van zijn carrière was .159.

Ik wierp de tweede bal wijd en nog hoger.

'Nou,' zei hij, en hij kwam een stap naar me toe. 'Raak me hier.' Hij tikte tegen de zijkant van zijn hoofd. 'Ram hem in mijn oor,

Paul.' Hij nam de slaghouding weer aan op de plaat. 'Ram hem in mijn oor. Je kunt niet hard genoeg gooien om me pijn te doen.'

Ik was twaalf meter bij hem vandaan en hield de honkbal omklemd. Ik wilde niets liever dan een bal gooien die zijn tanden uit zijn mond sloeg, die bloed liet vloeien, die zijn schedel brak, hem tegen het gras liet smakken. Ik schopte mijn voet hoog de lucht in, gooide de bal van me af, en hij ging precies over het midden van de plaat. Toen hij tegen de backstop stuiterde, pakte mijn vader hem op, gooide hem naar mij terug en zei: 'Kom op, stuk verdriet. Raak me met die verrekte bal.'

Ik gooide nog een snelle bal, hoger maar nog steeds over de plaat. Dat maakte hem nog woedender, en nadat hij de bal had opgepakt, gooide hij hem hard terug. Het werd al donker. Hij gooide de bal veel te hard. De bal schampte langs de webbing van mijn handschoen en trof me in mijn borst. Ik gaf een schreeuw en begon te huilen, en voor ik er erg in had, zag ik zijn gezicht vlak voor me en schreeuwde hij: 'Als je me niet met die bal op mijn hoofd raakt, sla ik je in elkaar, begrepen?'

Terwijl hij naar de plaat liep, keek ik naar het huis. Boven keek Jill uit het raam van haar kamer.

Mijn derde poging om de bal tegen zijn hoofd te gooien was even onsuccesvol als de twee eerste. De worp was hoog en binnen, maar niet zo dichtbij om de gewenste schade aan te richten. Om blijk te geven van zijn walging stak hij zijn linkerhand uit en ving de bal met zijn blote hand. Wat een belediging voor een werper! Maar eigenlijk kon het me niet schelen. Ik wilde alleen maar weg zien te komen van die gek. Hij gooide de knuppel naar het huis en kwam op me af.

'Je bent een lafaard, weet je dat, Paul? Niets dan een lafaard. Er is lef voor nodig om naar de slagman te gooien, maar een werper moet het doen.'

'Niet in de Little League,' kon ik nog uitbrengen.

'In elke league!'

Hij vond me zeker te klein om me te stompen, en dus sloeg hij met de rug van zijn linkerhand op mijn gezicht – natuurlijk met zijn linker, om zijn werphand te ontzien. Ik gaf een schreeuw en viel neer, en net toen hij me bij mijn kraag oppakte, hoorde ik mijn moeder roepen: 'Sodemieter op, Warren!'

Ze stond drie meter bij ons vandaan en hield de honkbalknuppel in haar hand, iets wat ze waarschijnlijk nooit eerder in haar leven had gedaan. Ze mikte met de knuppel op mijn vader. Jill verschool zich achter haar. Enkele ogenblikken bewoog niemand zich, en toen zag ik mijn kans en kroop weg.

'Leg die knuppel neer,' zei hij.

'Je sloeg hem in zijn gezicht,' zei ze. 'Wat ben je voor beest?'

'Hij gooide de bal ook heel hard tegen hem aan,' voegde Jill eraan toe.

'Hou je kop,' snauwde hij.

Er gingen enkele seconden voorbij waarin iedereen op adem kwam. We liepen langzaam naar binnen en keken daarbij behoedzaam naar elkaar. Mijn ouders gingen naar het souterrain en maakten een hele tijd ruzie, en toen ze daar genoeg van hadden, ging hij weg.

(UIT *DE BAL TEGEN HET HOOFD VAN JOE CASTLE*, DOOR PAUL TRACEY, ZOON VAN WARREN)

19

Als ik op het vliegveld van Atlanta moet wachten, bel ik Clarence Rook. Het is nu iets meer dan vierentwintig uur geleden dat ik afscheid van hem nam, maar het lijkt een maand. 'Je raadt nooit wie me gisteravond belde,' zegt hij.

'Charlie of Red?'

'Charlie. Hij zei dat hij een telefoontje van Joe had gekregen, die zei dat ik naar het veld was gekomen met een vreemde. Hij wilde alleen even nagaan of alles in orde was. Dat zegt Charlie altijd: "Clarence, alles in orde?" Ik zei, natuurlijk, Charlie, het was maar een oomzegger uit Texas die het veld wilde zien.'

'Waarom heb je hem de waarheid niet verteld?' vraag ik.

'Nou, dat deed ik ook, maar later. Ik dacht er nog eens over na, praatte met Fay, en toen belde ik Charlie terug. Ik zei dat ik iets belangrijks te bespreken had met hem en Red en vroeg of we samen een kop koffie konden gaan drinken. Dat deden we vanmorgen. We gingen naar een rustigere gelegenheid ten noorden van het dorp. Ik vertelde hun alles over jou, je bezoek, enzovoort.' Hij houdt op met praten, en dat is geen goed teken.

'Laat me raden. Ze waren niet door verdriet overmand toen ze hoorden dat Warren Tracey terminaal kanker had.'

'Nee.'

Stilte van zijn kant, weer een slecht teken. 'En het idee dat Warren naar Calico Rock komt om met Joe te praten? Hoe reageerden ze daarop?'

'Niet erg gunstig, in elk geval niet in het begin. Ze vonden het zelfs helemaal geen prettig idee dat jíj hier was geweest.'

'Schieten ze op me als ik terugkom?'

'Nee. Ze stelden zich steeds positiever op, beloofden zelfs met Joe te praten om na te gaan of hij er iets in ziet. Ik drong een beetje aan, maar eigenlijk zijn het mijn zaken niet. Hoe verliep de ontmoeting met je vader?'

Ik besloot er een draai aan te geven. 'Ik heb de deur op een kier gekregen, denk ik. We hebben een paar openhartige gesprekken gevoerd, veel oude familiedingen, niets wat jij wilt horen. Er is wel het probleem dat hij niet wil toegeven dat hij doodgaat aan kanker, en zolang hij het vooruitzicht van de dood niet onder ogen ziet, zal hij moeilijk over te halen zijn.'

'Arme kerel.'

'Misschien, maar ik kwam niet zover dat ik echt medelijden met hem kreeg.'

Ik vraag naar Fay en de vaart raakt uit het gesprek. Een uur later stap ik op het vliegtuig naar Dallas.

Als ik eindelijk thuiskom, wachten Sara en de meisjes met een late maaltijd op me. De meisjes weten niet waar ik ben geweest of wat ik heb gedaan, en we praten over het komend weekend, als we in de bergen gaan kamperen. Sara is daarentegen nieuwsgierig. Als we klaar zijn met eten en de meisjes weg zijn, vertel ik bij het afruimen van de tafel over de reis.

'Wat gaat er nu gebeuren?' vraagt ze.

'Ik heb geen idee. Misschien wacht ik een paar weken en bel ik Warren dan. Ik vraag naar zijn chemokuur en breng Joe misschien weer ter sprake.'

'Wat is ook al weer je favoriete gezegde, schat? Ik kwam niet halverwege...'

'Ik kwam niet halverwege het eerste honk. Ja, daarmee wordt mijn korte bezoek aan Warren goed samengevat. Hij is nog steeds een keiharde kerel, en hij zou het heel goed kunnen meenemen in zijn graf, en waarschijnlijk doet hij dat.'

'Ben je blij dat je bent gegaan?'

'Ja, heel blij. Ik heb Joe Castle vanuit de verte kunnen zien, en het gaat naar omstandigheden goed met hem, denk ik. Ik heb Warren gesproken, en dat heeft nu niet veel betekenis, maar het zou op een dag belangrijk kunnen worden. En vooral: ik heb een glas Ozark-perzikbrandewijn gedronken.'

'Wat is dat?'

'Illegale stook.'

'Schenken ze dat bij het eten?'

'Nee, het is strikt een drankje voor na het eten, in elk geval in huize Rook. Clarence noemde het een nachtmutsje.'

'Waar smaakt het naar?'

'Vloeibaar vuur.'

'Klinkt heerlijk. Nog meer opwinding?'

'Eigenlijk niet.'

'Ga je Jill bellen?'

'Niet vanavond, misschien later. Ik betwijfel of ze iets over Warren wil horen.'

Een week later ga ik voor de lunchpauze mijn kantoor uit. Ik rijd naar een multifunctioneel sportcomplex van de gemeente. De meesten van mijn vrienden hebben hun zoons daar gecoacht in de verschillende jeugdleagues. Afgezien van een paar terreinknechten is er niemand. Het seizoen is voorbij. Ik beklim de tribune van het 'grote veld', zoals het wordt genoemd, een speelveld van wedstrijdformaat met een middenveldmuur op honderdtwintig meter afstand. Ik ga in de schaduw onder de persbox zitten en eet een wrap met kip.

Het is 24 augustus 2003. Deze avond zat ik op de kop af dertig jaar geleden met mijn moeder in het Shea Stadium en zag ik mijn held Joe Castle naar de plaat lopen om de confrontatie met mijn vader aan te gaan. Ik speel die beelden langzaam weer in mijn hoofd af en hoor opnieuw het geluid van Joe die werd geraakt. Het afgrijzen, de chaos, de angst, de ambulance, en dan het gevecht en de nasleep. Zijn schedel was op drie plaatsen gebarsten. Zijn jukbeen was gebroken. Hij bloedde uit zijn oren, en de artsen dachten eerst dat hij dood was.

Die tijd en plaats lijken nu zo ver weg. De bal tegen Joe Castles hoofd maakte een eind aan twee carrières, en ik weet niet zeker welke gevolgen hij voor mij heeft gehad. Die bal brak het hart van miljoenen mensen, dus ik was niet de enige die werd getroffen. Toch was ik afgezien van mijn vader wel de enige die van tevoren wist dat Joe een bal tegen zijn hoofd zou krijgen.

Ik vraag me af of dit een bijzondere dag voor Joe is. Doet hij wat ik doe – zit hij in zijn eentje bij een honkbalveld om terug te denken aan de tragedie en te verlangen naar wat had kunnen zijn? Kijkt hij ergens in zijn veranderde geestestoestand met bitterheid terug op wat er gebeurd is? Dat zou ik beslist wel doen. Het is nu dertig jaar later en ik schiet nog steeds vol als ik aan dat onnodige letsel denk, aan dat einde van een schitterende carrière.

Ik denk dat deze datum Warren Tracey niets zegt. Die zal wel op de golfbaan zijn. Hij heeft die bal tegen Joe Castles hoofd al tientallen jaren geleden afgedaan met: 'Het is sport. Zulke dingen gebeuren nou eenmaal.'

Na de lunchpauze ga ik achter mijn bureau zitten en probeer ik een manier te bedenken om het verhaal van Joe Castle van me af te zetten. Uiteindelijk geef ik toe dat me dat waarschijnlijk nooit zal lukken.

Er gaan twee weken voorbij. De meisjes gaan weer naar school en ik ga op in mijn werk. We hervatten ons normale, gelukkige leven en ik denk steeds minder aan een hereniging in Calico Rock. Op een avond gaat de telefoon. Rebecca, onze dochter van tien, neemt op. Ze loopt de huiskamer in en zegt: 'Pa, het is een zekere Warren. Hij wil je spreken.'

Sara en ik kijken elkaar aan. We kunnen ons geen van beiden de laatste keer herinneren dat Warren naar ons huis belde.

'Wie is Warren?' vraagt Rebecca.

'Je opa,' zegt Sara, terwijl ik naar de keuken loop.

Voor zover ik kan nagaan, heeft het telefoontje geen nut. Zijn stem is schor en zwak, en hij vertelt me dat chemotherapie niet fijn is. Hij heeft geen eetlust en verliest dus gewicht, tegelijk met zijn haar. Agnes rijdt hem twee keer per week naar het ziekenhuis voor de infusen, die telkens twee uur moeten lopen en plaatsvinden in een deprimerende kamer, waar nog tien andere kankerpatiënten aan een infuus liggen.

Tot mijn verbazing vraagt hij: 'Hoe gaat het met je gezin?' En als Sara door de keuken loopt en me over onze kinderen hoort praten, is ze geschokt. Hij vertelt me dat hij een paar uur eerder naar Jill heeft gebeld maar dat daar niet werd opgenomen.

Warren Tracey die zijn kinderen belt. Hij moet wel stervende zijn.

20

Ik bel eens per week met Clarence Rook, maar die gesprekken worden steeds korter. Er is niet veel nieuws in Calico Rock, en ik vraag me af hoe hij elke woensdag een krant vol krijgt. Ik bel nu en dan naar Warren, niet omdat ik me nou echt zoveel zorgen maak om zijn gezondheid, maar vooral om hem eraan te herinneren dat ik er nog ben en dat ik iets wil. We praten nooit over Joe Castle.

In de tweede week van oktober zit ik midden in een bespreking met mijn baas en collega's, als mijn mobieltje trilt. Bij ons op de zaak is het geen misdaad als zoiets door een belangrijk telefoontje wordt verstoord. Ik loop de gang op en begroet Agnes. Warren is met inwendige bloedingen, lage bloeddruk en flauwtes in het ziekenhuis opgenomen. De artsen hebben net nog een scan gedaan, en de kanker heeft zich snel verspreid, met overal tumoren – lever, nieren, maag, en wat nog het ergste is: de hersenen. Hij is twintig kilo afgevallen. Ze denkt dat Warren nu eindelijk accepteert dat hij doodgaat aan de kanker.

Wat moet ik zeggen? Ik ken die vrouw niet en ik ken haar man nauwelijks. Ik kom met wat halfslachtige blijken van medeleven en beloof de volgende dag te bellen. Dat doe ik ook, maar dan krijg ik meteen de voicemail. Drie dagen later rijd ik van huis naar mijn werk als Warren naar mijn mobieltje belt. Hij zegt dat hij weer thuis is, zich veel beter voelt, op andere artsen is overgestapt omdat die vorige artsen idioten waren en een goede kans maakt zijn kanker te verslaan. Aan het begin van het korte gesprek klinkt hij alert, opgewekt, vol energie, maar hij kan dat niet lang volhouden. Aan het eind zakt zijn stem weg en begint hij te brabbelen. Ik werk mijn korte lijst af van dingen die ik moet zeggen en wil al een eind aan het gesprek maken, als hij zegt: 'Hé, Paul, ik heb eens nagedacht over die trip naar Arkansas.'

'O ja?' zeg ik. Ik laat niets van opwinding blijken.

'Ja. Het idee staat me wel aan. Ik weet niet of mijn artsen het goedvinden dat ik ga reizen, maar laten we het proberen.'

'Goed, Warren. Ik zal wat mensen bellen.'

De lange rit zal het ergste zijn, alleen Warren en ik in de auto, met zoveel voorgeschiedenis zonder dat we er ook maar enige behoefte aan hebben om daarover te praten.

Ieder van ons vliegt naar Little Rock en ik kom daar twee uur eerder aan dan hij. Ik ga lunchen, doodt de tijd, werk op mijn laptop en vind een plek om naar de binnenkomende passagiers te kijken. Het is een klein vliegveld met veel open ruimten, veel daglicht en niet te veel mensen.

Toen we elkaar voor het laatst belden, zei hij dat zijn artsen de reis hadden verboden, maar dat had hem alleen maar vastbeslotener gemaakt. Ten slotte gaf hij toe dat de kanker hem de baas was geworden. Hij is gestopt met de chemokuur. 'Ik denk niet dat ik de kerstdagen haal, Paul,' zei hij, alsof die feestdagen ook maar enige betekenis voor hem hadden.

Kerstmis. Toen ik acht was, speelde hij winterhonkbal in Venezuela en kwam hij met Kerstmis niet naar huis. Jill en ik pakten cadeaus uit bij de boom en mijn moeder huilde aan een stuk door. Ik vraag me af of Warren zich alles herinnert wat ik me herinner.

Hij verschijnt in een menigte andere passagiers uit Atlanta. Hij draagt een pet omdat hij geen haar heeft, en hij loopt langzaam en weloverwogen. Hij is verschrompeld tot een kleine man met een meisjesachtige taille en een ingevallen borst. Hij trekt een kleine koffer op wielen achter zich aan en kijkt naar mij uit.

Om milieuredenen had ik bijna een hybride gehuurd, maar toen besefte ik dat we urenlang schouder aan schouder zouden zitten. Daarom zitten we nu in een grote SUV met zo veel mogelijk ruimte tussen de twee stoelen. Totdat we Little Rock achter ons laten, zeggen we niet veel tegen elkaar.

Hij is in twee maanden tijd tien jaar ouder geworden en ik begrijp waarom de artsen hem deze reis wilden verbieden. Hij sukkelt steeds in slaap, zegt een hele tijd niets en komt dan opeens met: 'God, wat ben ik blij dat ik uit de buurt ben van Agnes.'

Ik lach en denk aan alle vreemde richtingen die dit gesprek uit kan gaan. 'De hoeveelste is ze, vijf of zes?' vraag ik.

Een stilte waarin hij het uitrekent, en dan: 'Agnes is nummer vijf. Karen was de vierde. Florence was de derde. Daisy was de tweede. Je moeder was de eerste.'

'Indrukwekkend dat je de volgorde nog weet.'

'O, sommige dingen vergeet je nooit.'

'Heb je een favoriet?'

Hij dacht daar een tijdje over na. We reden over een tweebaansweg met akkers aan weerskanten. 'Ik heb nooit van iemand gehouden zoals ik van je moeder heb gehouden, in elk geval in het begin. Maar we waren te jong om te trouwen. Wat liefde betreft, was het je moeder. Wat geld betreft, was het Florence. Wat seks betreft, krijgt Daisy de eerste prijs.'

'Sorry dat ik het vroeg.'

'Ze was een stripteasedanseres, Daisy. Wat een lijf.'

'Je bent bij ons weggegaan voor een stripteasedanseres?'

'Je zou het me niet kwalijk nemen als je haar zag optreden.'

'Hoe lang hield dat stand?'

'Niet lang. Ik weet het niet precies meer. En ik ben niet bij jullie weggegaan voor een stripteasedanseres. Het huwelijk was al voorbij toen ik Daisy leerde kennen.'

'In een striptent?'

'Natuurlijk. Waar anders ontmoet je een stripteasedanseres?'

'Weet ik niet. Ik heb geen ervaring op dat terrein.'

'Goed zo.'

'Ben je mijn moeder ooit trouw geweest?'

Zonder aarzeling zegt hij: 'Nee.'

'Waarom niet?'

'Ik weet het niet,' zegt hij geërgerd. 'Waarom doen mannen iets? Waarom vergokken ze een fortuin, drinken ze zich dood of trouwen ze met gekke vrouwen? Ik weet het niet. Heb je me naar deze rimboe in Arkansas gesleept om me te vragen waarom ik achter de vrouwen aan zat?'

'Nee. Eigenlijk kan het me niet schelen.'

'Hoe gaat het met je moeder?'

'Goed. Ik zie haar een paar keer per jaar. Ze is mooi, zoals altijd.' Ik voeg er bijna aan toe dat ze er veel beter uitziet dan Agnes, maar houd me in.

'Weet ze dat ik ziek ben?'

'Ja, ik heb het haar in augustus verteld, zodra ik het had gehoord.'

'Ik denk niet dat het haar veel kan schelen.'

'Moet het haar dan iets kunnen schelen, Warren?'

Hij haalt diep adem en begint weer weg te zakken. Ik dring er stilzwijgend bij hem op aan om in slaap te vallen, om twee uur door te slapen. Zijn kanker is uiterst pijnlijk en als hij wakker is, voelt hij zich slecht. Hij heeft pijnstillers in het borstzakje van zijn overhemd.

We hebben even over zijn huwelijken gepraat, een onderwerp dat ik had willen vermijden. Als hij een dutje heeft gedaan, kom ik meteen met een simpele vraag ter zake: 'Heb je ooit in Arkansas gehonkbald?'

'O ja, in de Texas League speelden we een paar keer per jaar tegen de Arkansas Travelers. Een geweldig oud stadion in de binnenstad van Little Rock. En goed publiek.'

Warren komt opeens tot leven, alsof er een deur wijd open is gegaan. Vergeten wedstrijden, vroegere teamgenoten, vreemde gebeurtenissen, kleedkamerhumor, schendingen van de avondklok, het leven tijdens een tournee – we praten nog vele kilometers over honkbal in de minor leagues. Maar hij wordt gauw moe, en er komt steeds abrupt een eind aan zijn lange verhalen als hij water nodig heeft of zijn ogen even dicht wil doen. Hij sukkelt weer weg, het wordt stil in de auto, en dan is hij wakker en herinnert zich weer een verhaal.

In de loop van zijn lange, moeilijke carrière heeft hij in tientallen stadjes voor clubs gespeeld. Aan sommige daarvan heeft hij in geen jaren teruggedacht. Het komt nu allemaal in een stroom bij hem terug. Het verbaast me dat Warren een goede verteller blijkt te zijn, die op het juiste moment met de clou weet te komen. Hoe meer verhalen hij vertelt, des te meer herinnert hij zich.

Waarom heb ik die verhalen nooit gehoord?

We praten niet over Joe Castle en de reden van deze reis. Ik weet niet wat Warren zal zeggen, maar ik denk dat hij dat wel weet.

Hij hoest, trekt een grimas, neemt een pil en sukkelt weer in slaap. We zijn nu in de heuvels en het wordt donker.

Aan de rand van Mountain View, ongeveer een uur ten zuiden van Calico Rock, zie ik een mooi schoon motel en rijd daarheen. Ik betaal cash voor twee eenpersoonskamers. Warren zegt dat hij geen honger heeft en moet gaan liggen. Ik haal ergens een hamburger en neem die mee naar mijn kamer.

21

Clarence staat bij de voordeur van de *Calico Rock Record* te wachten. Het is een heldere ochtend. De lucht is licht en fris, heel anders dan toen ik hier in augustus was. Main Street komt tot leven. Zoals we hebben afgesproken, zijn we er om negen uur 's morgens. Warren heeft tien uur geslapen en zegt dat hij zich goed voelt.

'Ik vind het heel erg dat u zo ziek bent, meneer Tracey,' zegt Clarence oprecht, nadat ze elkaar de hand hebben geschud.

'Dank u. En zeg maar Warren, oké?'

'Natuurlijk. Willen jullie koffie?'

Dat willen we, en we gaan voor het ochtendlijke koffieritueel in Clarences gezellige, rommelige kamer zitten. Clarence brengt ons op de hoogte van de laatste gesprekken met de familie Castle. Ze zijn nog steeds niet akkoord gegaan met een ontmoeting, maar ze hebben ook niet definitief nee gezegd. Clarence denkt dat het wel goed komt als we er gewoon heen gaan. Ik wist voordat ik uit Santa Fe vertrok, en Warren wist het voordat hij uit Florida vertrok, dat de ontmoeting misschien niet zou doorgaan, maar we wilden het evengoed proberen. Door de telefoon zei Warren dat hij zich beter zou voelen als hij ten minste een poging had gedaan met Joe te praten, ook als Joe hem niet wilde ontmoeten.

We rijden met Clarence door het dorp naar de middelbare school. Joe zit weer op zijn rode Toro-maaimachine. Hij rijdt langzaam en zorgvuldig heen en weer door het buitenveld en maait gras dat niet meer groeit. Het is oktober en het gras wordt bruin. Als we de dug-out bij het derde honk hebben bereikt, beklimmen we de tribune en gaan zitten. Twee mannen van middelbare leeftijd zitten in de dug-out bij het eerste honk. 'Red en Charlie,' zegt Clarence als we op onze plaatsen zitten en niets anders doen dan naar de grasmaaiende Joe kijken. Verder is er niemand. Het is bijna tien uur en er komen geluiden van de middelbare school in de verte.

'Doet hij dit elke dag?' vraagt Warren. Hij zit links van me, Clarence rechts.

'Vijf dagen per week, als het goed weer is,' zegt Clarence. 'Van maart tot en met november.'

'Het is een mooi veld,' zegt Warren.

'Ze kennen elk jaar een prijs toe voor het beste honkbalveld van een middelbare school in Arkansas. We hebben hem zo vaak gewonnen dat ik het niet kan bijhouden. Het helpt natuurlijk wel dat we een fulltime terreinknecht hebben.'

Nadat hij nog even heeft gemaaid, trekt Joe zijn messen op en loopt hij naar de dug-out bij het eerste honk. Hij zet de motor uit, stapt van de maaimachine af en zegt iets tegen zijn broers. Een van hen komt uit de dug-out met twee klapstoelen die hij naar een plek voor de thuisplaat draagt. 'Dat is Red,' zegt Clarence zachtjes.

Red klapt de stoelen open en zet ze zo neer dat ze tegenover de werpheuvel staan. Als hij vindt dat ze goed staan, neemt hij een paar stappen in onze richting. Hij blijft staan en zegt: 'Meneer Tracey.'

'Ik denk dat hij jou bedoelt,' zeg ik tegen Warren, die opstaat en langzaam de tribune afdaalt naar het veld. Hij wordt opgewacht door Red, die zijn hand uitsteekt en zegt: 'Ik ben Red Castle. Aangenaam kennis te maken.'

Ze geven elkaar een hand en Warren zegt: 'Ik stel het op prijs dat u dit doet.'

Joe schuifelt naar de stoelen toe. Hij port met zijn stok voor zich uit in de grond en met zijn voeten maakt hij weer van die schokkerige kleine stapjes. Zijn linkerarm hangt langs zijn zij, hij heeft de stok in zijn rechterhand. Als hij dichtbij genoeg is, blijft hij staan en steekt hij die hand uit. Warren pakt hem met beide handen vast en zegt: 'Ik ben blij je te zien, Joe.'

Als Joe spreekt, doet hij dat met een hoge, haperende staccatostem, alsof hij precies weet wat het volgende woord zal zijn maar enige moeite moet doen om het eruit te krijgen. 'Bedankt... voor... je... komst.' Ze gaan in de stoelen bij de thuisplaat zitten en Red loopt terug naar de dug-out bij het eerste honk.

Hun schouders komen bijna tegen elkaar aan. Ze zitten daar enkele ogenblikken en kijken uit over het veld. Alleen zijzelf weten wat ze denken.

'Je hebt hier een mooi veld, Joe.'

'Dank je.'

Vanaf de plaats waar we zitten kunnen we hen niet horen. Red en Charlie zitten op de bank in de dug-out, ook te ver weg.

'We zijn hier een heel eind bij het Shea Stadium vandaan,' zegt Clarence zacht.

'Meer dan duizend kilometer en meer dan duizend jaar. Bedankt hiervoor.'

'Jij hebt het gedaan, Paul, niet ik. Ik vind het al mooi dat ik erbij mag zijn. Dit is de droom van elke verslaggever. Hoeveel fervente honkballiefhebbers in dit land zouden geen moord doen om op dit moment op onze plaatsen te zitten?'

Ik schud mijn hoofd. 'Alleen al in Chicago een paar miljoen.'

Joe zegt: 'Heel erg... die... kanker.'

'Dank je, Joe. Ik heb gewoon pech gehad, weet je. Soms heb je geluk; soms niet.'

Joe knikt. Hij weet wat pech is. Er gaat een minuut voorbij. Ze zitten daar en denken na over wat ze nu gaan zeggen.

'Ik denk dat we over honkbal zouden moeten praten, Joe. Daarvoor zijn we hier.'

Joe knikt nog steeds. 'Oké.'

'Hoe vaak denk je aan die avond in het Shea Stadium, Joe, de laatste keer dat we elkaar zagen?'

'Niet... vaak... Weet niet... veel... meer.'

'Nou, dan benijd ik je, want ik weet het nog maar al te goed. Ik gooide die bal met opzet zo hard als ik kon naar je hoofd, Joe. Ik wilde je raken, je tegen de vlakte gooien, je op je nummer zetten, en al die onzin. Het was met opzet, Joe, en ik heb er daarna altijd spijt van gehad. Het spijt me. Ik bied je mijn verontschuldigingen aan. Het was gemeen, akelig en heel stom, en het heeft jou van een ongetwijfeld geweldige carrière beroofd. Zo. Nu heb ik het gezegd. Het spijt me, Joe.'

Joe knikt en knikt en zegt ten slotte: 'Het... is... oké... Het... is... oké.'

Warren is nu op dreef en wil alles eruit gooien. 'Het was mijn bedoeling je te raken, Joe, maar ik wist niet dat de gevolgen zo verschrikkelijk zouden zijn. Ik weet dat dit idioot klinkt. Je gooit een snelle bal naar iemands hoofd met de duidelijke bedoeling hem te raken, en toch zeg je dat je hem eigenlijk geen kwaad wilde doen. Het is stom, dat weet ik. Ik was niet alleen een idioot, maar ook een stommeling.'

'Het... is... oké... Het is... oké.'

'Toen ik de bal losliet, wist ik dat het raak zou zijn. Ik wist dat hij ergens boven je hals terecht zou komen. Maar het was te perfect, en een fractie van een seconde bewoog je niet. Toen de bal je trof, kon ik bot horen breken. Veel mensen hoorden die avond bot breken. Het was angstaanjagend. Ik wist dat je gewond was. Toen ze je op de brancard legden, dacht ik dat je dood was. God, wat spijt het me, Joe.'

'Het... is... oké... Warren.'

Er volgt een lange stilte. Beide mannen staren in de verte. Dan zegt Warren: 'Weet je nog, je eerste slagbeurt die avond, die homerun?'

'Ik... weet... nog... elke... home... run.'

Warren glimlacht. Typische slagman. 'Op een gegeven moment sloeg je acht foutballen. Ik had nog nooit een knuppel zo snel zien bewegen. Ik gooide snelle ballen, sliders, boogballetjes, change-ups, zelfs een cutter, en jij wachtte en wachtte maar tot het allerlaatste moment, en zwaaide dan met de knuppel om een foutbal te slaan. De homerun die je sloeg was tien centimeter buiten de plaat. Ik misleidde je, maar je herstelde je en sloeg hem bijna honderdtwintig meter ver. Toen besloot ik je te raken. Ik dacht, nou, als ik hem niet uit kan laten gaan, gooi ik hem gewoon tegen de vlakte. Ik intimideer hem. Het is nog maar een nieuweling.'

'Hoort... bij... het... spel.'

'Misschien. Er zijn veel spelers op hun hoofd getroffen, maar niet veel van hen zijn gewond geraakt. Ray Chapman is in 1920 door een worp gedood. Mickey Cochrane speelde nooit meer nadat hij een bal tegen zijn hoofd had gekregen. Tony Conigliaro was hard op weg naar de Hall of Fame, maar toen kreeg hij een bal in zijn oog. Ik heb hem een keer geraakt, wist je dat?'

'Tony C.?'

'Ja. In 1965 wierp ik voor Cleveland. Tony boog zich over de plaat. Hij kende geen angst. Ik raakte hem in zijn schouder en had daar nooit spijt van. Soms moet je iemand raken, Joe, dat weet je. Maar het is niet je bedoeling iemand letsel toe te brengen; het hoort nooit bij het spel dat je de bal naar iemands hoofd gooit. Hij heeft een gezin, een carrière. Dat was mijn fout.'

'Je... hebt... veel... mensen... geraakt.'

Warren haalt diep adem en gaat verzitten. Hij heeft een uur geleden een pijnstiller genomen en die raakt uitgewerkt. 'Zeker, en ik heb er veel spijt van, Joe. Als ik doodga, zullen ze niet zeggen dat ik een waardeloze echtgenoot en vader ben geweest. Ze zullen niets over mijn middelmatige honkbalcarrière zeggen. Nee. Dan schrijven ze alleen over die ene worp. Ik heb wel een miljoen ballen geworpen, maar ze zullen praten over de bal die Joe Castle tegen de vlakte gooide. De bal waaraan ik altijd met verdriet zal terugdenken.'

'Ik... ook.'

Beide mannen vinden dat grappig en lachen er zachtjes om.

'Je hebt het volste recht om me te haten, Joe. Ik heb je zoveel aangedaan. In een oogwenk was je carrière voorbij, en daar kon je niemand anders de schuld van geven dan mij. Nu voor mij het einde nadert, zou het mooi zijn om te weten dat je me niet haat. Is dat te veel gevraagd?'

'Ik... haat... niemand.'

'Zelfs mij niet? Kom nou, Joe, in de loop van de jaren heb je vast weleens lelijke dingen over mij gedacht.'

'Ja... maar... niet... nu... Je... zei... dat... het... een... ongeluk... was... en... ik... wilde... je... geloven.'

'Maar ik loog, Joe. Het was geen ongeluk. Ik heb er dertig jaar over gelogen. Nu vertel ik je de waarheid. Haat je me nu?'

'Nee... Je... hebt... je... veront... schuldi... gingen... aange... boden... Die... accepteer... ik.'

Warren legt zijn rechterhand op Joe's linkerschouder en zegt: 'Dank je, Joe. Jij bent een veel beter mens dan ik.'

'Je... werpt... me... nog... steeds... niet... uit.'

Warren schiet in de lach, en Joe lacht ook.

We kijken toe en vinden het grappig dat ze kunnen lachen. Ik heb mijn hele leven geweten dat Warren Tracey geen gevoel voor humor had, dus het moet wel Joe zijn geweest die iets grappigs zei.

'Ik denk dat ze goed met elkaar overweg kunnen,' merkt Clarence op.

'Dat moet ook wel, denk ik. Als het vechten wordt, heeft Warren niemand die hem steunt.'

'Ze zijn niet in de stemming om te vechten. Charlie zei gisteren tegen me dat ze bewondering voor je vader hadden omdat hij Joe wilde ontmoeten.'

'Waarom aarzelden ze eerst?'

'Om twee redenen. Ze waren bang dat het Joe van streek zou maken en veel slechte herinneringen bij hem zou oproepen. En ze zijn bang dat deze kleine ontmoeting op de een of andere manier uitlekt en ergens als verhaal wordt gepubliceerd. Ik heb ze verzekerd dat het niet zou gebeuren. Oké?'

'Natuurlijk.'

'Hoe heb je je vader met chantage kunnen overhalen om hier te komen?'

'De chantage werkte niet. Hij is hier omdat hij hier wil zijn. Het is een harde kerel, en pas nu hij de dood onder ogen ziet, wordt hij een beetje milder. Hij kijkt met veel spijt terug op een rommelig leven.'

'Wat een afschuwelijke manier om dood te gaan.'

'Ja, dat zal wel.'

Joe kijkt naar de dug-out bij het eerste honk en zegt: 'Charlie... Red.' Zijn broers staan op en komen uit de dug-out.

Warren staat op, kijkt naar ons, geeft een teken dat we naar beneden moeten komen.

We komen voor de thuisplaat bij elkaar en ik geef Joe Castle een hand. Hij draagt een pet en zonnebril met dikke, donkere glazen om zijn slechte oog te bedekken. Zijn haar is half grijs, en hij heeft niets meer van de glimlachende jongen op het tijdschriftomslag van dertig jaar geleden. Maar ja, wie ziet er na dertig jaar nog wel precies hetzelfde uit?

Charlie en Red zijn best aardig, maar ze willen liever toeschouwer dan deelnemer zijn.

Op mijn verzoek heeft Clarence een camera meegenomen, en ik zeg tegen de Castles dat ik graag een paar foto's van de ontmoeting wil maken. 'Worden ze gepubliceerd?' vraagt Red.

'Alleen met jullie toestemming,' zeg ik. Charlie en hij zijn argwanend, maar ze gaan akkoord.

Tot mijn verbazing heeft Clarence nog iets anders meegebracht. Uit een plastic zakje ergens uit zijn jas haalt hij twee honkbalpetten tevoorschijn – van de Cubs en van de Mets. Hij geeft ze aan Joe en Warren en zegt: 'Het leek me mooi om jullie met die petten op te fotograferen.'

Joe kijkt met gefronste wenkbrauwen naar de zijne, en Warren kijkt op dezelfde manier. Ze aarzelen. Blijkbaar roepen de petten te veel herinneringen bij hen op. 'Het was maar een idee,' zegt Clarence beschroomd, alsof hij bang is de hele ontmoeting te hebben bedorven. Dan vouwt Joe de klep van zijn pet, zet de pet met reclame voor een boerenwinkel af en zet de Cubs-pet op. Net als alle honkballers stelt hij hem bij tot hij goed aanvoelt. Als Warren zijn golfpet afzet, blijkt zijn hoofd zo glad als een biljartbal te zijn, zonder ook maar één haartje. Een fractie van een seconde deinzen we terug voor de gruwelen van de chemotherapie. Dat hoofd herinnert ons eraan dat hij niet lang meer te leven heeft.

Als ze hun pet hebben opgezet, doen we een stap achteruit en Clarence begint te fotograferen. De twee spelers staan er glimlachend bij, Joe leunend op zijn stok. Clarence heeft een beter idee. Hij stelt voor dat we het veld op gaan en het scorebord van Joe Castle Field als achtergrond gebruiken. Dat doen we, en na enkele tientallen foto's van Joe en Warren ga ik in beeld staan, tussen mijn vader en mijn oude held in, een en al glimlach.

Die foto van dertig bij twintig centimeter wordt het laatste wat ik opneem in mijn Joe Castle-plakboek.

Plotseling kunnen we niets meer doen. De twee hebben elkaar ontmoet. Ze hebben gezegd wat gezegd moest worden, en we hebben voor foto's geposeerd. We nemen afscheid en verlaten het veld.

Als we naar Main Street terugrijden, zegt Clarence dat Fay graag vroeg zou willen lunchen op de veranda, als dat goed is. Ik kijk naar Warren op de achterbank, en hij schudt zijn hoofd.

Omdat ik Fay of Clarence niet wil kwetsen, zeg ik: 'Dat is mooi, maar we moeten nu weg. Warren heeft een vlucht om vier uur vanmiddag.' Ik vind dat niet erg, want ik heb genoeg van Calico Rock gezien. Gastvrij als ze zijn, zouden de Rooks niets liever willen dan de hele middag op de veranda blijven zitten, verhalen uitwisselen en nog meer foto's maken. En dan aan de gin-citroen.

'Geen probleem,' zegt Clarence. Hij parkeert en we gaan bij zijn achterbumper staan. Ik bedank hem opnieuw, en hij wenst Warren het allerbeste toe. Ik beloof hem te bellen als ik nieuws heb.

Als we nog niet ver bij Calico Rock vandaan zijn, vraagt Warren, die stil geworden is, of ik wil stoppen. Hij gaat op de achterbank liggen en valt in slaap. De reis en de ontmoeting met Joe hebben hem uitgeput, en hij is aan het eind van zijn krachten.

Hij heeft zijn Mets-pet nog op.

22

Volgens de radarkaart is de lucht van Santa Fe tot Little Rock in het oosten en ook tot Florida volkomen helder. Toch hebben beide vluchten vertraging. Warren zakt snel weg, en ik wil hem op een vliegtuig naar Agnes terug hebben voordat zich een spoedsituatie voordoet waarmee ik liever niet te maken wil krijgen. Door de vertragingen is het druk geworden op het kleine vliegveld van Little Rock, en een paar uur lang doen we de onbeduidende dingen die passagiers doen als ze moeten wachten.

Als hij in de loop van de middag wakker is en zin heeft om te praten, blijven onze gesprekken oppervlakkig. Hij heeft het niet over Joe. Hoewel ik hem niet goed genoeg ken om zijn stemmingen en gedachten te kunnen peilen, is duidelijk dat zijn raderen op volle toeren draaien. Ik weet zeker dat hij vooral aan de dood denkt, zoals iedereen in zijn conditie zou doen. Hij heeft ongetwijfeld spijt, maar we willen daar geen van beiden over praten. Warren kan onze moeizame voorgeschiedenis niet in orde maken door op het laatste moment met verontschuldigingen te komen aanzetten. Dat weten we allebei. Ik weet niet of hij het zou willen proberen, maar ik weet wel dat ik het niet wil horen.

Zijn eetlust komt en gaat, en als hij zegt dat hij honger heeft, zoeken we een tafeltje op in de volle lounge van het vliegveld. Als de serveerster vraagt of we iets willen drinken, glimlacht Warren en zegt: 'Ja, ik wil een grote pul tapbier.' Ik bestel hetzelfde, en als ze weg is, zegt hij: 'Ik sta al tien jaar droog. Maar waarom zou ik nu niet drinken, met nog maar twee maanden te gaan?'

'Waarom niet?'

'Nuchterheid wordt overschat, Paul,' zegt hij met een grijns. 'Ik voelde me veel beter toen ik dronk.'

Ik kan niet met hem mee glimlachen, want ik herinner me dat hij mijn moeder sloeg als hij dronken was. 'Ik zou het niet weten,' zeg ik.

De bar heeft drie grote televisietoestellen, die alle drie zijn afgestemd op de World Series: de Yankees tegen de Marlins. Het bier komt, we proosten door met de glazen te klinken, zeggen cheers en nemen een slokje. Hij geniet van het zijne alsof hij sterft van de dorst. Hij smakt met zijn lippen en zegt: 'O, wat heb ik dit gemist!'

We bestellen sandwiches en kijken naar de wedstrijd. Algauw heeft hij kritiek. 'Moet je die kerels eens zien,' snauwt hij. 'Kijk nou eens hoe dik ze zijn, vooral de werpers.' Even later: 'Moet je hem nou eens zien, in de World Series, hij verdient miljoenen per jaar en hij kan niet eens hard genoeg lopen voor zo'n stomme bal.'

Opnieuw besef ik hoe absurd het is wat ik doe. Ik drink een biertje en kijk naar een honkbalwedstrijd met mijn vader – voor het eerst in mijn leven! En alleen omdat hij nu terminaal is.

Het eten komt, en we kijken even niet naar de wedstrijd. Hij heeft een paar neerbuigende opmerkingen over 'die moderne spelers' gemaakt, en ik neem aan dat Warren geen groot honkballiefhebber meer is.

'Nou, ben je nog van plan een verhaal te schrijven, maar nu over dit reisje van ons?' vraagt hij, terwijl hij een hap van zijn kalkoensandwich neemt.

'Nee, ik heb geen plannen.'

'Ik vind dat je dat moet doen. Ik vind dat je het tweede hoofdstuk achter het eerste verhaal moet zetten en het moet publiceren. En doe dat nu, voordat ik sterf. Mij kan het niet schelen. Als jij wilt dat de wereld de waarheid te weten komt, wil ik dat ook. Publiceer het.'

'Dat was niet de afspraak, Warren.'

'Wie kan het wat schelen wat de afspraak was? Ik zou het eigenlijk wel prettig vinden als de mensen wisten dat ik na al die jaren naar Joe Castle toe ben gegaan en tegen hem heb gezegd dat het me speet. Dat heb ik bepaald niet vaak in mijn leven gedaan.'

'Vast niet.'

'Publiceer het. Mij kan het niet schelen.'

'Ik zou dat niet kunnen doen zonder toestemming van de Castles. Je zag hoe beschermend ze zich opstelden.'

'Zorg dan dat je hun toestemming krijgt. Schrijf het verhaal, laat het aan ze zien, dan krijg je ze vast wel over de streep.'

'We praten er nog over.' Het is een interessant idee. We bestellen nog een rondje en eten onze sandwich op. Er loopt een man voorbij die zegt: 'De Mets zijn klote.' En hij loopt door. We beseffen dat het door de pet komt en lachen.

De ene vertraging leidt tot de andere, en het is al bijna negen uur 's avonds als Warrens vlucht wordt omgeroepen. Zijn gate is vlak bij de mijne en we lopen langzaam door de gang. Ze zijn al aan het instappen als wij aankomen.

Hij haalt diep adem en kijkt me recht in de ogen. 'Zeg, bedankt voor dit alles. Het betekent veel voor mij, en het betekende veel voor Joe. Er is een grote last van mijn schouders genomen.'

'Dat noemen ze de herstellende kracht van de vergeving.'

'Jij hebt ook altijd je woordje klaar, hè?'

'Misschien wel.'

'Het is waar, Paul. Jij bent veel verstandiger dan ik, want je zult van weinig dingen spijt hebben in je leven. Ikzelf zal sterven met een lange lijst van dingen die ik anders had willen doen. Dit is geen prettige manier om dood te gaan.'

'Daar kun je nu niets meer aan doen, Warren.'

Hij steekt me zijn hand toe, en die schud ik. 'Je hebt gelijk,' zegt hij, 'maar ik heb veel spijt, Paul.'

Ik heb daar niets op te zeggen. Ik kan niet antwoorden met een oppervlakkig en zinloos: 'O, het is wel goed, Warren. Alles is vergeven.' We schudden elkaar nogmaals de hand, en het is duidelijk dat hij een snelle omhelzing wil. Ik doe dat niet.

Hij draait zich om, loopt weg en kijkt niet om.

23

Agnes belt om de andere dag met het laatste nieuws over zijn verslechterende conditie. Hij eet niet meer; zijn organen werken niet meer; hij ligt in het ziekenhuis; hij is weer thuis; hij zit nu in een hospice. Warren gedraagt zich als de Warren van vroeger: hij kan niet zelf bellen, wil niet praten. Sara vraagt me herhaaldelijk of ik naar hem toe wil gaan.

Nee. Ik heb hem al gezien.

Jill en ik bellen elkaar van tijd tot tijd. Het is de familie Tracey op zijn best – Warren praat met Agnes, die mij belt, en ik bel mijn zus. Jill wil niet met hem praten, wil hem niet zien, wil niet naar een herdenkingsdienst als hij dood is.

Hij houdt zich in leven en de telefoontjes van Agnes gaan op elkaar lijken. Ik kijk naar de kalender. Binnenkort is het Thanksgiving, en ik hoop dat Warren onze plannen niet in de war stuurt.

Dat doet hij niet. Hij sterft op 10 november op vijfenzestigjarige leeftijd, alleen in een hospice. Agnes vertelt me dat er voor volgende week vrijdag een herdenkingsdienst op het programma staat. Sara en ik zijn het er langdurig en prikkelbaar over oneens of ze met me mee moet gaan naar de dienst. Ik wil niet dat ze gaat, maar zij voelt een vreemde verplichting om de laatste eer te bewijzen aan een man die ze nauwelijks heeft gekend, een man die niet op onze bruiloft is geweest en die ons met geen woord heeft gelukgewenst toen onze drie dochters werden geboren. Er is geen familie met wie we kunnen rouwen. Er is geen bijeenkomst na de dienst.

Sara heeft geen enkele reden om te gaan en bovendien wil ik niet nog eens vijfhonderd dollar aan een vliegticket verspillen. Als de discussie voorbij is, geeft ze met tegenzin toe.

Er gaan veel mensen dood in Florida, in veel gevallen gepensioneerden die in hun woonplaats weinig mensen kennen. Daardoor is de uitvaartbranche efficiënt en gestroomlijnd. De diensten zijn vaak klein, snel en zelfs onpersoonlijk.

Warren wilde gecremeerd worden en zijn wensen worden ingewilligd. De dienst wordt gehouden in een aula zonder ramen van een mausoleum, niet ver bij zijn huis vandaan. Met perfecte timing kom ik in mijn eentje een kwartier voor de dienst aan, waar ik Agnes in de familiewachtkamer zie zitten. Het is me de familie wel. Het zijn Agnes, haar dochter Lydia, die ik nooit heb ontmoet, en ik. Je zou verwachten dat een man die vijf keer getrouwd was geweest een beetje meer belangstelling zou krijgen.

We zitten te praten en de klok lijkt stil te staan. Agnes vraagt me opnieuw of ik een rede wil houden of ten minste een paar woorden wil zeggen. Opnieuw weiger ik beleefd. Ik gebruik het excuus dat ik mijn emoties misschien niet kan beheersen en mezelf niet in een pijnlijke situatie wil brengen. Afgezien van mijn emoties zouden alle warme en ontroerende gedachten of verhalen die ik op dit punt naar voren zou kunnen brengen regelrechte verzinsels zijn.

Lydia, die me achterdochtig aankijkt, komt eindelijk ter zake. 'Weet je, Paul, we hebben zijn testament al gelezen.'

Ik hef beide handen ten hemel en zeg: 'Het kan me niet schelen wat erin staat. Ik wil niets hebben. Ik accepteer niets. Als mijn naam wordt genoemd, weiger ik iets aan te nemen.'

'Hij heeft jou en Jill ieder tienduizend dollar nagelaten,' zegt Agnes.

Ik vind het van slechte smaak getuigen om de buit te verdelen terwijl de herdenkingsdienst nog niet voorbij is, maar ik zeg er niets van. 'Ik kan niet namens Jill spreken,' zeg ik, 'maar ik wil het niet hebben. Hij heeft me nooit een cent gegeven toen ik op school zat of studeerde of als ik wat extra's nodig had, en ik neem zijn geld nu ook niet aan.'

'Dat moet je maar met de advocaten regelen,' zegt Lydia, en ik krijg de indruk dat ze enige ervaring met advocaten heeft.

'Ja.'

'En hij heeft vijfentwintigduizend nagelaten aan een honkbalveld in Calico Rock, Arkansas,' zegt Agnes.

Daar moet ik om glimlachen, en ik zeg: 'Dat is mooi.' Goed zo, Warren!

Ik vraag niet naar de omvang van de nalatenschap – dit is het moment er niet voor, en het kan me eigenlijk niet schelen, ik krijg het in het kader van de procedures toch nog wel te horen.

We lopen naar de aula. Er staan ongeveer twintig senioren op de eerste rij. Ze fluisteren en wachten en zijn zo te zien allemaal in een opperbeste stemming. Ze dragen vrijetijdskleding zoals oude mensen in Florida dragen: veel sandalen en niemand met jasje en das. Ik stel me niet aan die mensen voor. Ik zal ze nooit meer zien en heb geen zin om verhalen uit te wisselen over de geweldige man die mijn ouweheer was. Ik neem aan dat het buren, golfmaatjes en Agnes' kennissen zijn. Ik neem ook aan dat geen van de mannen profhonkbal heeft gespeeld of een kleedkamer met Warren Tracey heeft gedeeld. Ik weet zeker dat er geen leden van het Mets-team uit 1973 bij zijn.

De aula heeft muren van donkere natuursteen en voelt aan als een kerker. Er wordt een passende, treurige hymne ten gehore gebracht. Een man in een pak verzoekt ons te gaan zitten. Gelukkig zijn er geen plaatsen voor de familie gereserveerd. Ik schuifel naar de achterkant van de zaal. Agnes heeft nog geen traan vergoten en ik vermoed dat ze niet de enige zal zijn die aan het eind nog droge ogen heeft. De vrienden en familieleden gaan zitten, wachten en laten de stemmingsmuziek op zich inwerken.

Ik weet niet waarom ik hier ben. Warren is dood, en als hij kon toekijken, zou het hem geen moer kunnen schelen of ik kwam of niet. Het is een belachelijk idee dat je iemand de laatste eer bewijst. Het laat de dode volstrekt koud. Hij ligt daar in een kist of, in het geval van Warren, zit in een blauwe urn naast het spreekgestoelte.

Wat zei Yogi Berra ook al weer? 'Ga altijd naar de begrafenis van andere mensen, anders komen ze niet naar de jouwe.'

Er verschijnt een man in een zwart gewaad, waarschijnlijk een ingehuurde neppriester, want Warren Tracey kwam nooit in de kerk. Misschien behoort Agnes tot een kerkgenootschap. De priester praat met haar, troost haar en gaat dan achter het kleine spreekgestoelte staan, spreidt zijn armen als Charlton Heston bij de Rode Zee en zegt: 'Welkom.'

De achterdeur gaat zachtjes open en trekt mijn aandacht. Drie mannen komen de aula binnen – Red Castle, en dan Joe met zijn stok en vreemde manier van lopen, en ten slotte Charlie. Ze schuiven zonder geluid te maken in de achterste rij. Alle drie dragen ze een marineblauwe blazer en een wit overhemd. Ze zijn verreweg het best gekleed van iedereen hier.

Ik ben geschokt en tegelijk ben ik dat ook weer niet. Wat is het briljant en stijlvol van hen om hier te komen!

Instinctief sta ik op en loop naar hen toe. Ik ga voor hen zitten en fluister tegen Red: 'Bedankt voor jullie komst.' Ze knikken alle drie. 'Wat doen jullie hier?' vraag ik dan.

Charlie wijst naar Joe en zegt: 'Joe wilde een eindje rijden.'

'Welkom,' zegt de priester luider, in onze richting. Ik kijk naar hem en het lijkt wel of hij elk moment met zijn knokkels op het spreekgestoelte kan gaan roffelen omdat we praten tijdens zijn dienst. Ik blijf waar ik ben, bij de Castle-jongens, en we ondergaan een zinloos ritueel dat zich een halfuur lang uitstrekt. Het hoogtepunt is een rede van Marv-en-nog-iets, natuurlijk van de golfclub. Marv vertelt een echte dijenkletser over een dag waarop hij met Warren ging golfen. Warren bestuurde het golfwagentje. Zijn bal lag in het water. Hij kwam te dicht bij de rand van de vijver en kantelde met het wagentje. Marv verzoop bijna, maar Warren zag kans om nog geen spatje water op zich te krijgen.

We lachen omdat het van ons wordt verwacht. Marv is niet zo'n goede spreker, en ik krijg de indruk dat ze hebben geloot en dat hij de pechvogel was. Ik zie het al helemaal voor me: die ouwe knarren die rond de mannengrill zitten, gin rummy spelen en kibbelen over de vraag wie op wiens begrafenis gaat spreken. 'Oké, Marv, jij doet Warren, dan doe ik de jouwe en dan doet Fred de mijne.'

De priester slaagt er goed in de leegten op te vullen. Hij leest wat Bijbelteksten, vooral uit het boek Psalmen. Hij benadrukt de hoogtepunten van Gods liefde, goedheid, vergevingsgezindheid, redding, en het wordt duidelijk dat Agnes in elk geval niet katholiek, joods of islamitisch is. Hij vermeldt op geen enkel moment dat Warren profhonkbal heeft gespeeld. Tot slot vertelt hij ons dat Warren in hetzelfde complex zal worden bijgezet, in Muur D van het Derde Paviljoen, maar dat het in de privésfeer zal gebeuren, met alleen familie erbij.

Ik besluit dat over te slaan. Ik heb er geen behoefte aan om het gat in de muur te zien waar Warrens as tot in der eeuwigheid zal blijven liggen. Dat moet Agnes maar doen. Ze is de enige die de komende drie maanden misschien nog eens per maand komt kijken, zijn naam in steen aanraakt en enige emotie bij zichzelf probeert op te wekken. Ik weet wel dat ik nooit terug zal komen.

Trouwens, ik wil met Joe praten.

24

De meditatieruimte is leeg en we claimen hem voor een aantal minuten. Deze ruimte lijkt nog meer op een kerker dan de aula en wekt de indruk nooit gebruikt te worden. We zetten vier stoelen in een kring en gaan zitten.

'Het doet me veel dat jullie dit hele eind hebben gereden,' begin ik.

Red zegt: 'Joe is niet meer in Florida geweest sinds de voorjaarstraining van 1973. Hij wilde er eens uit, en hier zijn we dan.' Ik herinner mezelf eraan dat ze alle drie in een minor league hebben gespeeld en dat ze als de meeste veelbelovende honkballers elk voorjaar op kamp gingen, net als de veteranen. In de minor leagues, met alle busreizen naar wedstrijden, hebben ze meer van het land gezien dan ik.

'Bedankt voor jullie komst,' zeg ik.

Charlie zegt: 'En wij willen jou bedanken dat je je vader naar Calico Rock hebt gebracht. Dat betekende meer voor Joe dan je ooit zult weten.' Joe glimlacht en knikt. Hij laat zijn broers vooral het woord doen.

Red voegde eraan toe: 'Het betekende echt veel voor hem.'

Joe zegt: 'Jammer... van... je... vader.'

'Dank je, Joe.' Hij heeft de zonnebril nog op om zijn slechte oog te verbergen, maar net daarboven is een lichte inkeping te zien op de hoek van zijn voorhoofd. Ze zeiden dat hij onderweg naar het ziekenhuis drie keer was opgehouden met ademhalen.

'Joe heeft iets voor je,' zei Red.

Joe steekt zijn goede hand in de binnenzak van zijn blazer en haalt er een envelop uit. Hoewel ik die envelop in dertig jaar niet heb gezien, herken ik hem meteen. Het is de brief die ik in september 1973 op de Joe Castle Wall in het Mount Sinai Hospital heb achtergelaten. Joe geeft hem met een brede glimlach aan mij en zegt: 'Hier... Ik... wil... je... dit... geven.'

Ik maak de envelop langzaam open en haal mijn brief eruit. Ik laat de zorgvuldig opgeschreven hartenkreet van een elfjarige jongen op me inwerken: 'Beste Joe, ik ben Paul Tracey, Warrens zoon. Ik vind het zo erg wat mijn vader heeft gedaan.' Als ik verder lees, word ik overmand door de emoties die in die zomer en dat najaar zo diep gingen. Zes weken lang was Joe Castle mijn wereld. Ik dacht voortdurend aan hem. Ik las alles over hem wat ik kon vinden. Ik volgde al zijn wedstrijden, kende zijn hele staat van dienst. Ik droomde er zelfs van in hetzelfde team te spelen als Joe – hij was maar tien jaar ouder dan ik. Als ik op mijn twintigste begon, zou hij nog in zijn beste jaren zijn. We konden teamgenoten worden.

Toen raakte hij gewond. Toen was hij weg. Toen was hij geschiedenis.

Als ik de brief uit heb, zijn mijn ogen vochtig, maar ik ben vastbesloten me te beheersen. 'Dankjewel, Joe.'

Red zegt: 'De Cubs hebben al Joe's spullen zorgvuldig verzameld, inclusief dozen met brieven en geschenken die in het ziekenhuis zijn achtergelaten. Een paar maanden nadat Joe naar huis kwam, hebben ze alles naar ons toe gestuurd, en daarna heeft het altijd bij moeder op zolder gestaan.'

Charlie neemt het over. 'Zesduizend brieven alleen al uit het ziekenhuis, en meer dan dertigduizend in totaal. Een paar jaar later nam Joe de brieven door en stuitte hij op die van jou. Hij legde hem op een bijzondere plaats.'

Joe zegt: 'Hij... is... heel... bijzonder.'

'Dank je, Joe.' Ik merk dat ik weer volschiet.

Na een lange stilte verandert Red van onderwerp. 'Meneer

Rook van de krant zei iets over een verhaal dat je schreef, een verhaal over je vader en Joe. Is dat waar?'

'Min of meer. Ik heb een verhaal geschreven, maar maak je geen zorgen. Ik ga het niet publiceren.'

'Waarom niet?' zegt Charlie. 'Waarom schrijf je er geen verhaal over – dat je je vader naar Calico Rock hebt gebracht, dat hij Joe heeft ontmoet? Waarom vertel je niet de waarheid over wat er gebeurd is? Je zou zelfs een van de foto's van Joe en Warren kunnen gebruiken, met hun teampetten op.'

Joe glimlacht en zegt: 'Dat... zou... ik... mooi... vinden.'

Charlie gaat verder: 'Misschien willen we het eerst bekijken, je weet wel, voor alle zekerheid, maar we hebben het onderling besproken en we denken dat er veel honkballiefhebbers zijn die van het verhaal zouden genieten. Weet je, Joe krijgt nog steeds brieven.'

Ik weet niet wat ik daarop moet zeggen. Warren wilde dat ik het verhaal afmaakte en publiceerde. Nu wil Joe dat ook. 'Geef me wat tijd om erover na te denken,' zeg ik.

'Zou het een boek kunnen worden?' vraagt Red.

'Ik denk het niet. Waarschijnlijk een lang verhaal voor een tijdschrift.'

'Nou, voor zover het er iets toe doet: wij vinden het een goed idee.'

'Oké. Ik zal erover nadenken.'

'Meneer Rook vindt het ook een goed idee,' zegt Charlie.

Clarence en ik hebben twee keer over het idee gepraat. Ik denk dat hij het verhaal eigenlijk zelf zou willen schrijven maar daar niet voor uit durft te komen.

We zitten een paar minuten te kletsen. Ze zijn nieuwsgierig naar mij en mijn gezin, mijn moeder en zus, en naar hoe het ons verging toen Warren weg was. Als ik zeg dat ik aan de universiteit van Oklahoma heb gestudeerd, stuit dat meteen op afkeuring. Het zijn fervente Razorbacks-supporters, en natuurlijk is hun team het beste. We praten nog wat heen en weer over football, zoals veel mensen in november doen.

Plotseling is de meditatieruimte nodig. Er komen bezoekers binnen en wij gaan weg. Agnes is nergens te bekennen, net zomin als Marv, de priester en alle anderen die afscheid van Warren kwamen nemen. We lopen uit het mausoleum naar buiten. De broers zijn op weg naar Key West, waar ze twee dagen gaan diepzeevissen, iets wat Joe al jaren heeft gewild.

Op het parkeerterrein geven we elkaar een hand en nemen we afscheid. Ik zie ze in een nieuwe pick-up met een clubcabine en een Razorbacks-bumpersticker stappen. Ik zwaai als ze wegrijden.

Twee uur later zit ik in het vliegtuig naar huis. Ik lees mijn brief en voel opnieuw het verdriet van een diep getroffen jongetje. Ik stop hem weg, open mijn laptop en begin het verhaal van Calico Joe te schrijven.

Nawoord

Het is altijd lastig om in een roman echte mensen, plaatsen en gebeurtenissen op te nemen. Dit is een verhaal over de Cubs, de Mets en het seizoen van 1973, maar alsjeblieft, fervente honkballiefhebbers, verwacht niet dat alles nauwkeurig wordt weergegeven. Ik heb wedstrijdschema's, opstellingen, scores en slagvolgordes volledig door elkaar gegooid, en ik heb zelfs een paar fictieve spelers tussen de echte spelers gezet. Dit is een roman, dus als er fouten zijn gemaakt, moeten die meteen tot het fictieve gedeelte worden gerekend.

Laat me ook een paar mensen bedanken. Don Kessinger is een oude vriend uit mijn Oxford-tijd. Hij las de eerste versie van *Vergiffenis* door en zag een paar dingen die meer aandacht nodig hadden. Hij was de korte stop van de Cubs van 1964 tot 1975 en is een verteller van wereldklasse. Don werd later manager van de White Sox en werd in 1979 vervangen door Tony LaRussa, die in 1973 (vóór de komst van Joe Castle) voor het laatst voor de Cubs speelde en die (korte tijd) nummer 42 (Joe's eerste nummer) droeg. Een van Tony's favoriete gespreksonderwerpen is de 'honkbalcode', met name de ongeschreven regels voor het beschermen van je eigen teamgenoten, vergeldingsacties en de complicaties van het 'naar binnen gooien'.

Ik dank ook David Gernert, Alan Swanson, Talmage Boston, Michael Harvey, Bill MacIlwaine, Gail Robinson en Erik Allen.

John Grisham
1 december 2011

Zo'n eenvoudige sport

Tijdens een lange lunch met mijn uitgevers in Londen besefte ik dat mijn Britse vrienden weliswaar van het verhaal van Calico Joe hadden genoten en het meeste ervan hadden kunnen volgen, maar dat ze de honkbalsport niet begrepen en grote moeite hadden met de termen. Ze vroegen me beleefd dingen uit te leggen als een *drag bunt*, een *pick-off*, een gestolen honk, een boogbal, een *switch-hitter* en een grand slam – aspecten van het spel die de meeste Amerikaanse jongens op hun tiende al kennen. Ik legde het moeizaam uit, bang dat iemand nieuwsgierig zou worden naar een schijn, een *bullpen* of, het ergst van alles, de *infield fly rule*.

Uiteindelijk zei iemand dat een voorwoord bij dit boek nuttig zou zijn, een soort overzicht van het spel, compleet met definities van de unieke honkbaltermen. Terwijl de lunch vorderde, werd voorgesteld dat zo'n analyse het best door mij geschreven kon worden. Ik wist wel beter en zei nee.

Het spelregelboek van honkbal is vijftien centimeter dik, een waar mijnenveld van verwarring, mysterieuze termen en frasen. Ik heb eens een lang juridisch artikel gelezen waarin tot vervelens toe de redelijkheid of onredelijkheid van bovengenoemde infield fly rule werd beschreven. Elke honkballiefhebber is een kenner van de regels, en sommige van de lelijkste ruzies die ik heb meegemaakt werden veroorzaakt door felle onenigheid over vage en onduidelijke regels. Waarom zou ik me in zo'n slangenkuil wagen?

Maar Britten kunnen lang aandringen en algauw stond mijn

mannelijkheid ter discussie. Hoe kon een auteur die beweerde dat hij het spel zo goed kende en die zoveel had geschreven, terugdeinzen voor een vijf pagina's tellende samenvatting van het spel? Of misschien tien pagina's? Maar ik hield voet bij stuk, want ik begreep hoe zwaar die taak zou zijn, en hoe gevaarlijk. Bij het dessert werd opgemerkt – en iedereen aan tafel was het er vlug mee eens – dat zo'n uitleg de verkoop sterk zou doen toenemen, en niet alleen in Groot-Brittannië maar op alle buitenlandse markten. Toen was ik om. Ik ben ook maar een mens.

Dit is dan mijn poging een algeheel overzicht van mijn favoriete sport te geven. Dat is al vele malen geprobeerd, en schrijvers met veel meer talent dan ik hebben jammerlijk gefaald in hun pogingen om hun grote kennis van de honkbalsport beknopt en duidelijk op anderen over te brengen. Als ik ook faal, doe ik dat in de veilige wetenschap dat ik niet de eerste ben en ook niet de laatste zal zijn. Vooruit dan maar.

Laten we aannemen dat je een honkballer bent, een van de negen starters in een team van vijfentwintig spelers. Je hebt een tenue aan en je staat klaar om aan de wedstrijd te beginnen. Je maakt deel uit van het bezoekende team, in tegenstelling tot het thuisteam, en je bent de eerste slagman (een offensieve speler). Je loopt van de dug-out (de bank waarop je team tijdens de wedstrijd bijeen zit) naar de thuisplaat. Dat is een plaat van hard, wit gemaakt rubber die een vreemde vijfhoekige vorm heeft, al is het in feite een vierkant van veertig bij veertig centimeter. De plaat zit zodanig in de grond dat hij op gelijke hoogte ligt met het speelveld. Laten we zeggen dat je besluit op de thuisplaat te gaan staan en om een time-out te vragen. De wedstrijd wordt zonder klok gespeeld, maar spelers en coaches mogen om een time-out vragen om de actie te onderbreken. In een echte wedstrijd zou je dat niet doen, maar nu even wel.

Als je op de thuisplaat staat met je knuppel (een fraai gevormd stuk essen-, esdoorn- of hickoryhout, niet langer dan een meter zeven en niet dikker dan zeven centimeter), kijk je naar het veld. Vijfenveertig graden naar rechts, en op zevenentwintig meter afstand, bevindt zich het eerste honk (een canvas kussen van achtendertig centimeter in het vierkant, wit van kleur en tussen de zeven en twaalf centimeter dik). Vijfenveertig graden naar links, en op zevenentwintig meter afstand, bevindt zich het derde honk. Het tweede honk ligt recht voor je op achtendertig meter afstand. De vier honken – thuisplaat, eerste, tweede en derde honk – vormen een perfect vierkant (of *diamond*) en vormen het binnenveld. Voorbij het binnenveld ligt het buitenveld, een veld van groen gras dat eindigt bij een hek of muur. De zone voorbij het tweede honk heet het middenveld. De zone voorbij het eerste honk heet het rechtsveld. De zone voorbij het derde honk heet het linksveld. Terwijl de afmetingen van het binnenveld vaststaan en nauwkeurig worden aangehouden, variëren per veld de afstanden van thuisplaat tot muur. Meestal is het iets tussen de honderd en honderdtwintig meter.

Een foutlijn, meestal van wit krijt, loopt van de thuisplaat langs de rand van het eerste honk en helemaal naar de muur in het rechtsveld, waar hij uitkomt op een hoge gele foutpaal. De lijn en de paal scheiden het foute gebied van het goede. Net zo'n foutlijn loopt van de thuisplaat langs het derde honk naar de muur in het linksveld.

Als een geslagen bal de lijn of paal raakt, is het een goede slag. Vraag me niet waarom.

Als je het veld in ogenschouw neemt en over je eerste slagbeurt nadenkt, kijk je onwillekeurig naar de spelers van het verdedigende team. Er zijn een eerstehonkman, een tweedehonkman, een derdehonkman, een rechtsvelder, een middenvelder en een linksvelder. De enige vreemde snuiter is de korte stop (meestal de meest getalenteerde binnenvelder die positie kiest tussen het tweede en derde honk). Er is ook een werper, maar daar komen we zo nog op.

Het negende lid van het verdedigende team bevindt zich achter je. Dat is de achtervanger, altijd een harde kerel die een dik masker en allerlei beschermende padding draagt. Achter de achtervanger bevindt zich de plaatscheidsrechter, de belangrijkste official, die ook een dik masker draagt, scheenbeschermers, een borstbeschermer en meestal nog meer padding. In het binnenveld staan nog drie scheidsrechters, respectievelijk bij het eerste, tweede en derde honk, maar die dragen een gewoon tenue zonder padding.

Halverwege de thuisplaat en het tweede honk, en recht voor je, bevindt zich een zorgvuldig onderhouden berg aarde van zevenentwintig centimeter hoog. Dit is de werpheuvel, en over de bovenkant daarvan ligt een strook hard wit rubber, vijftien centimeter breed en zestig centimeter lang. Dit is de werpplaat, meestal 'rubber' genaamd. De heuvel is het domein van de belangrijkste speler van het verdedigende team, ja, de belangrijkste speler van het hele veld: de werper. Het is zijn taak honkballen naar de thuisplaat te gooien, en wel op een zodanige manier dat de achtervanger ze vangt zonder dat ze door jou, de slagman, worden geslagen.

Op een gegeven moment zal de plaatscheidsrechter 'spelen' roepen, en dan moet je positie innemen in een met krijt aangegeven vak van een meter twintig bij een meter vijftig. Er zijn twee van die vakken, een aan weerskanten van de thuisplaat. Het ene is bestemd voor rechtshandige slagmannen, het andere voor linkshandige slagmannen. Sommige spelers zijn *switch-hitters*. Dat betekent dat ze zo getalenteerd zijn dat ze vanaf beide kanten van de thuisplaat kunnen slaan. Ze kunnen kiezen.

Aangezien de meeste slagmannen rechtshandig zijn, zullen we aannemen dat jij dat ook bent, en je neemt naast de slagplaat positie in. Achter je hurkt de achtervanger neer, klaar om de bal van de werper te vangen. Achter hem bereidt de plaatscheidsrechter zich ook voor op de worp. Het is het doel van de slagman om van de thuisplaat naar het eerste honk te gaan, en dan naar het tweede en derde honk en terug naar de thuisplaat. Als dat lukt, krijgt je team een punt.

Je gevreesde tegenstander in dit kortstondige duel is de werper, en die heeft een heel ander doel dan jij. Hij is niet van plan je naar het eerste honk te laten gaan, en hij zal vaker slagen dan jij. Hij staat met één voet op het rubber en begint dan aan zijn wind-up, een kort ritueel dat aan het werpen voorafgaat en dat bestaat uit een reeks overdreven lichaamsbewegingen, zoals het naar voren steken van benen, het trappen met voeten, het zwaaien met armen. Dat ritueel heeft twee doelen: (1) vaart opbouwen om de bal met meer kracht over de thuisplaat te werpen, en (2) jou in verwarring brengen en verborgen houden vanuit welke hoek de bal zal komen. Geen twee wind-ups zijn hetzelfde, en werpers hebben allerlei vreemde bewegingen ontwikkeld om slagmannen op het verkeerde been te zetten.

De werper mikt op de slagzone, een vaag gedefinieerd maar steeds veranderend doel. Volgens de spelregels is de slagzone:

'De zone boven de thuisplaat met als bovengrens een horizontale lijn op het midden van de afstand tussen de schouders en de bovenkant van de broek, en met als ondergrens een lijn ter hoogte van de knieholte. De slagzone kan worden vastgesteld op grond van de houding van de slagman wanneer deze klaarstaat om naar een geworpen bal te slaan.'

Het eenvoudigste deel daarvan is 'de zone boven de thuisplaat', vooral omdat die vaststaat. Dat van de schouders, broek, knieën en houding van de slagman is bijna onmogelijk te definiëren. Aangezien geen twee spelers hetzelfde zijn, verandert de slagzone in feite bij elke slagman.

Geen enkel aspect van honkbal is zo controversieel als de slagzone. Iedere scheidsrechter heeft daar een iets andere versie van, en in de loop van een twee uur durende wedstrijd, waarin meer dan driehonderd keer wordt geworpen, kan de slagzone van een scheidsrechter een beetje veranderen. Dat leidt meestal tot frustratie bij zowel werpers als slagmannen.

Een worp die door de achtervanger wordt gevangen nadat hij door de slagzone is gegaan wordt door de plaatscheidsrechter een 'slag' genoemd. Na drie slagen ben je uit. Een worp die door de achtervanger wordt gevangen en niet door de slagzone is gegaan wordt een 'wijd' genoemd. Na vier wijd krijg je een vrije loop. Dat betekent dat je ongehinderd naar het eerste honk mag lopen. Als jij als slagman op een worp slaat en mist, is het ook een slag, en dan doet het er niet toe of de worp in de slagzone was.

Vaak zul je naar een worp slaan en hem wel raken, maar niet goed, zodat de bal stuitert of wegvliegt naar het foute gebied. Dat is een foutbal. Tijdens elke slagbeurt worden je eerste twee foutballen slagen genoemd. Daarna kun je zoveel worpen fout slaan als je wilt, zonder dat je ervoor wordt gestraft. Goede slagmannen slaan naar goede worpen – die in de slagzone – en slaan niet naar worpen die niet in de slagzone komen. Heel goede slagmannen slaan worpen die hun niet aanstaan opzettelijk fout en wachten op iets aantrekkelijkers.

Laten we nu eens een opeenvolging van worpen doornemen, een gesimuleerde slagbeurt. De eerste worp is een snelle bal (de meest voorkomende worp, die meestal in een rechte lijn gaat en grote snelheid heeft), die een paar centimeter wijd is, naast de thuisplaat aan de rechterkant. De scheidsrechter roept: 'Eén wijd'. De telling (*count*) is nu 1-0, één wijd en geen slag. Dat vind je prettig, want je staat (tijdelijk) voor in de telling, een klein voordeel voor jou als slagman, al is het waarschijnlijk niet van lange duur. De achtervanger gooit de bal terug naar de werper, die zich snel voorbereidt op de volgende worp. Hij schopt met zijn been, doet zijn wind-up en gooit de tweede worp, een boogbal (een langzaam opgaande worp om de slagman te misleiden) ter hoogte van je borst en buiten de slagzone. 'Twee wijd,' zegt de scheidsrechter.

Een werper heeft veel wapens in zijn arsenaal, met de snelle bal en boogbal als meest voorkomende. Er zijn ook de *slider*, de *change-up*, de *knuckleball*, de *screwball*, de *cutter* en een heleboel andere, en niet alle werpers zijn tot al die worpen in staat. Niettemin hebben de meeste werpers er drie of vier die ze met verbijsterende nauwkeurigheid en snelheid kunnen gooien, en de geschiedenis van het honkbal zit vol met pogingen om een bal met nog meer effect naar de slagman te werpen en hem op die manier te frustreren en vernederen.

Omdat ik een zwakke slagman was, ben ik sterk bevooroordeeld tegen werpers. Ik heb ze altijd intimiderend, wreed, zelfs sadistisch gevonden. Toen ik negentien was, zag ik een snelle bal met een effectbeweging ongeveer op mijn hoofd afkomen, met een snelheid van minstens honderdvijftig kilometer per uur. Ik hield meteen op met honkballen en daar ben ik niet rouwig om.

Hoe dan ook, omdat ik niet werp, ben ik niet goed in staat de finesses van de verschillende worpen te bespreken. Laat ik volstaan met te zeggen dat de bal zich zelden in een rechte lijn vanuit de handschoen van de werper beweegt. In veel meer gevallen zal hij allerlei rare bewegingen maken, en wel op een zodanige manier dat de gemiddelde toeschouwer er doodsbang voor zou zijn als hij om de een of andere reden op de thuisplaat zou staan.

De telling is 2-0 (nogmaals, twee wijd en geen slag), en jij als slagman hebt de overhand in deze slagbeurt. De werper staat nu onder druk om iets in de slagzone te gooien en jij bent van plan die bal dan zo hard mogelijk weg te slaan. Hij doet het, en jij doet het – een snelle bal door het midden van de slagzone en je mept ernaar. Helaas krijg je in je enthousiasme de bal niet goed te pakken en komt hij in het foute gebied terecht, ergens in de tribune. Eén slag. De telling is nu 2-1.

Aangezien je de eerste slagman van je team bent, kun je waarschijnlijk heel hard lopen. Het is je taak om op het eerste honk te komen zonder uit te gaan. Je kunt een bunt overwegen, een korte zwaai om de bal aan te tikken en hem een paar meter bij de thuisplaat vandaan te slaan, waar de verraste verdedigers hem dan in allerijl vandaan moeten halen. Een snelle loper die 'een bunt kan neerleggen' is een krachtige, offensieve factor. Er zijn verschillende versies van de bunt, waaronder de *drag bunt*, een zeldzame aanvalsmethode waarbij de slagman zijn knuppel achter zich aan sleept om contact met de bal te maken terwijl hij al langs de honklijn (ook de foutlijn) naar het eerste honk rent. Ik noem dit alleen omdat onze held, Joe Castle, in hoofdstuk twee gebruikmaakt van een dragbunt.

Maar het idee van een bunt staat je tegen en je besluit de bal gewoon weg te slaan. Laten we zeggen dat de vierde worp een slider is, en ik weet niet precies wat een slider doet, maar wel dat het vrij moeilijk is om hem goed weg te slaan. Deze is perfect, je wordt misleid door de worp en haalt niet naar de bal uit. De scheidsrechter roept: 'Twee slag.' De telling is nu 2-2: nog één slag en je bent uit en moet naar de dug-out terug zonder dat je iets op de thuisplaat tot stand hebt gebracht. Uitgaan op drieslag is de meest vernederende van alle mislukkingen tijdens een slagbeurt, maar er kan je nog meer overkomen.

Honkbal is een sport van mislukkingen. Je gaat in verreweg de meeste gevallen uit. Ja, als je in slechts dertig procent van je slagbeurten een honkslag maakt (het eerste honk bereikt voordat de bal daar is), zul je als een grote speler worden beschouwd en als zodanig worden aanbeden. Iemand zal je elk seizoen miljoenen betalen en de machthebbers in de sport zullen er uiteindelijk voor stemmen dat je in de Hall of Fame komt, de laatste rustplaats van alle grote spelers.

Elk team krijgt drie slagbeurten in elke inning. Een wedstrijd bestaat uit negen innings. Het bezoekende team is aan slag in de eerste helft van de inning, totdat er drie uit zijn, en dan slaat het thuisteam in de tweede helft van de inning tot er daarvan drie uit zijn. Aan het eind van negen innings wint het team met de meeste punten de wedstrijd. Als aan het eind van negen innings de stand gelijk is, komen er extra innings, waarbij elk team driemaal uit mag gaan per inning. Uiteindelijk zal het ene team meer punten hebben dan het andere en is de wedstrijd voorbij. De langste wedstrijd uit de geschiedenis had zesentwintig innings en duurde meer dan acht uur.

Nu de telling op 2-2 staat, komt de werper met zijn volgende worp en heb je een fractie van een seconde de tijd om na te gaan of die worp je aanstaat. De worp ziet er goed uit, je haalt uit, maakt een goed contact met je knuppel en slaat een lage bal in de richting van de korte stop tussen het tweede en derde honk. Een lage bal stuitert over het binnenveld, in tegenstelling tot een hoge bal. Er is ook nog een *line-drive*, een harde bal die het oppervlak niet raakt maar weinig hoogte krijgt.

Zodra je de bal raakt, moet je de knuppel laten vallen en naar het eerste honk rennen. De korte stop pakt de bal met zijn handschoen, zet zich schrap en gooit hem naar het eerste honk, waar de eerstehonkman al klaarstaat om de bal te vangen. Intussen ren je naar het eerste honk en probeer je daarop te gaan staan voordat de bal er is. De eerstehonkman plant zijn voet op het eerste honk om de bal van de korte stop te vangen, en als hij hem vangt voordat jij op het eerste honk stapt, ben je 'uitgebrand'. Eén uit voor je team, in de eerste helft van de eerste inning. Als je daarentegen op het eerste honk stapt voordat de bal daar is, heb je een honkslag gemaakt, een goed geslagen bal die je op het eerste honk brengt. Om dat voor elkaar te krijgen is het je toegestaan om het eerste honk voorbij te rennen en te vertragen als je het voorbij bent. Maar je mag dan niet doorrennen naar het tweede en derde honk.

Het maken van honkslagen is het belangrijkste element in het offensieve honkbal. Er zijn verschillende vormen. Een enkele honkslag is een slag die je op het eerste honk brengt. Een tweehonkslag brengt je op het tweede honk. Een driehonkslag brengt je op het derde honk. En een homerun is een prachtig geslagen bal die een heel eind door de lucht gaat, over de muur heen vliegt en het publiek in extase brengt. Een enkele keer komt het tot een *inside-the-park-homerun*, waarbij de bal niet over de schutting of muur gaat maar over het buitenveld stuitert terwijl een snelle speler langs de honken rent en op de thuisplaat scoort. Er is ook zoiets als grand slam, maar daar komen we later op terug.

Omdat je een goede hardloper bent, kom je op tijd op het eerste honk aan. De scheidsrechter zegt dat je '*safe*!' bent en je wedstrijd is goed begonnen. Omdat de bal niet op het buitenveld is gekomen, wordt dit een *infield-hit* genoemd. Een succesvolle bunt valt ook in die categorie.

Nu je op het eerste honk bent, wil je naar het tweede honk. Er zijn verschillende manieren om daar te komen, sommige gevaarlijker dan andere. De werper heeft de bal, op de heuvel, en hij kijkt over zijn schouder naar jou. De eerstehonkman staat op het eerste honk, want nu je honkloper bent, heb je het recht om een paar stappen door te lopen om dichter bij het tweede honk te komen. Maar je moet wel voorzichtig zijn, want de werper kan de bal naar het eerste honk gooien, waar de eerstehonkman hem met zijn handschoen kan vangen en hem tegen je voeten, benen of armen kan drukken terwijl je een wanhopige poging doet om op het veilige eerste honk terug te komen. Dit is een *pick-off*-poging, en als hij slaagt, ben je uit. Je hebt een onvergeeflijke fout gemaakt en moet met schande beladen naar de dug-out terugkeren.

Maar daar ben je te verstandig voor en er wordt geen pick-off-poging gedaan. De werper gaat over tot een *stretch*, een speciale *wind-up* die wordt gebruikt als er lopers op honken staan, en werpt de bal naar de thuisplaat, waar je teamgenoot, slagman nummer twee, nu aan de beurt is. 'Eén slag,' zegt de scheidsrechter. De achtervanger kijkt naar jou en gooit de bal dan terug naar de werper, die met zijn ene voet op het rubber van de heuvel staat en naar de achtervanger kijkt, die beslist welke van de bovengenoemde worpen hij nu zou willen hebben. Met zijn rechterhand en vingers geeft de achtervanger het teken door. De werper gaat akkoord, knikt en gaat over tot de stretch.

De stretch wordt zorgvuldig gadegeslagen door de scheidsrechters. De bewegingen zijn aan strikte regels gebonden, en als een werper je tijdens een stretch op het eerste honk met een valse beweging probeert te misleiden, zal een van de scheidsrechters 'schijn' roepen. Je mag dan naar het tweede honk lopen. Dit komt zelden voor, in de meeste wedstrijden helemaal niet.

Je coach, in een coachbox in het foute gebied, bij het derde honk, maakt een reeks bewegingen met zijn handen en geeft je daarmee heimelijk opdracht 'het tweede honk te stelen'. Dat is een riskante offensieve tactiek die in ongeveer zestig procent van de gevallen werkt, maar je hebt geen keus. Je loopt een paar stappen door, let op de werper om er zeker van te zijn dat hij geen pick-off probeert, en als hij begint te werpen, sprint je in de richting van het tweede honk. Het zijn de langste zevenentwintig meter die je ooit zult rennen. Achtervangers kunnen geweldig goed gooien. Ze gooien de bal onbevreesd en met dodelijke nauwkeurigheid langs het binnenveld en voelen zich beledigd als een honkloper een honk probeert te stelen. De tweede slagman, je teamgenoot, haalt uit naar de bal en slaat mis. De achtervanger vangt de bal terwijl hij overeind springt, en gooit hem in een fractie van een seconde keihard naar het tweede honk, waar de tweedehonkman al klaarstaat om hem te vangen. Als je op volle snelheid op het tweede honk afgaat, maak je een sliding: je glijdt er met je voeten vooruit op af om op het honk te zijn voordat de tweede honkman de bal heeft gevangen. Driestere spelers willen nog weleens met het hoofd vooruit naar het honk duiken, maar hun carrière is vaak van korte duur.

Het stelen van een honk is een van de opwindendste manoeuvres in het honkbal. Het gebeurt zo snel – een snelle hardloper, een hard gooiende achtervanger, rondvliegend stof, lichamen die soms tegen elkaar op botsen – en altijd zit de scheidsrechter erbovenop.

Je krijgt je voet op het tweede honk op het moment dat de handschoen met de bal tegen je arm slaat, en de scheidsrechter 'safe' roept. In het cijfermatig overzicht van de wedstrijd, de *box score*, heb je nu niet alleen een honkslag maar ook een gestolen honk. Je vraagt om een time-out, veegt het stof van je tenue en begint over het derde honk te denken.

De volgende worp. De slagman slaat een lange, hoge bal naar het linksveld, waar hij wordt opgevangen door de linksvelder: de eerste uit van de inning. Dit wordt een *fly-out* of *pop-out* genoemd. Een line-drive die door een verdedigende speler wordt gevangen, wordt een *line-out* genoemd. Je kunt nu niet verder. De volgende slagman slaat een lage bal naar de korte stop, die hem te pakken krijgt, even naar jou kijkt om zich ervan te vergewissen dat je niet van plan bent naar het derde honk te rennen, en de bal dan naar het eerste honk gooit voor de tweede uit. Omdat er geen loper op het eerste honk staat, ben je niet gedwongen naar het derde honk te lopen. Als er een loper op het eerste honk had gestaan, zou hij natuurlijk gedwongen zijn naar het tweede honk te rennen, en dan zou jij gedwongen zijn geweest naar het derde te rennen.

De vierde slagman van je team gaat op de plaat staan. Ze noemen hem de *clean-up hitter*, omdat van hem wordt verwacht dat hij de lopers van de honken haalt, dus iedereen naar de thuisplaat laat lopen. In het algemeen behoren de beste slagmannen tot de eerste vijf van de rij en komen de minder goede slagmannen daarna. Clean-up hitters zijn krachtpatsers die meestal op een homerun uit zijn en daardoor gauw naar een bal slaan. En omdat ze gevreesd worden, zijn werpers heel voorzichtig als ze tegenover een clean-up hitter staan.

Laten we zeggen dat de clean-up hitter van jouw team erg intimiderend overkomt en het al een tijdje goed doet. Omdat het eerste honk 'open' is (geen loper op het honk) en er twee uit zijn, besluit de werper op veilig te spelen. Hij gooit om de slagman heen, met andere woorden, hij werpt een paar keer buiten de slagzone. Als de scheidsrechter 'vier wijd' roept, wordt de clean-up hitter beloond met een vrije loop en draaft hij rustig naar het eerste honk. Jij staat op het tweede honk, hij op het eerste, en er zijn nog steeds twee uit.

Je denkt over de mogelijkheid het derde honk te stelen, maar zo'n poging is nog riskanter dan het stelen van het tweede honk, want de afstand van de thuisplaat naar het derde honk is korter, zodat de vanger niet zo ver hoeft te gooien. Zo'n poging slaagt in niet meer dan veertig procent van de gevallen, en je coach wil het niet. Je blijft waar je bent, loopt een paar stappen bij het tweede honk vandaan en ziet hoe je teamgenoot, slagman nummer vijf, zich schrap zet op de plaat. De eerste worp is een wilde worp die stuitert voordat de achtervanger hem te pakken heeft. De bal rolt een paar meter weg en stelt jou in staat naar het derde honk te rennen. De clean-up hitter, die op het eerste honk stond, rent naar het tweede; beide lopers schuiven op. Elke wedstrijd heeft een officiële scorer, en als de vanger naar zijn mening de bal had moeten vangen, is het een doorgeschoten bal, een fout van de achtervanger. In elk geval is het een fout van de verdediging.

De volgende worp is een snelle bal door het midden van de slagzone, en de slagman haalt uit, raakt de bal en slaat een harde, lage bal naar de derdehonkman, die hem niet goed te pakken krijgt en hem niet zuiver kan vangen. Als hij de bal eindelijk heeft en hem naar het eerste honk wil gooien, is het te laat. De scorer kent de derdehonkman een fout toe, weer een fout van de verdediging.

Er staat nu een loper op het eerste, tweede en derde honk. Nog steeds twee keer uit, en de zesde slagman gaat op de plaat staan. Omdat de werper zo'n slechte start heeft gemaakt, is hij nu waarschijnlijk kwaad. Hij probeert te doen wat werpers vaak doen als ze zich gefrustreerd voelen: de bal zo hard mogelijk gooien. Dat leidt meestal tot nog meer moeilijkheden. Zijn tweede worp is een snelle bal, en de slagman haalt uit, krijgt de bal perfect op de knuppel en slaat hem keihard over het veld. De bal gaat over de muur in het linksveld, een prachtige homerun. En omdat de drie honken bezet zijn, is het niet zomaar een homerun, maar een grand slam. Vier punten gescoord.

Je draaft naar de thuisplaat en scoort het eerste punt. Je wordt gevolgd door de lopers die op het tweede en eerste honk stonden. Als de clean-up hitter klaar is met zijn homerundrafje door op de thuisplaat te gaan staan, scoort hij het vierde punt.

Als er drie man uit zijn, wisselen de teams van plaats. De negen verdedigende spelers komen van het veld af en gaan naar hun dug-out, waar ze andere handschoenen aantrekken voor hun slagbeurten. Jij en je teamgenoten leggen jullie knuppels neer en trekken handschoenen aan voor in het veld. In de tweede helft van de eerste inning zal het thuisteam slaan en staat jouw team in het veld. Laten we zeggen dat je de tweedehonkman bent. De eerste slagman slaat een line-drive door het midden en maakt daarmee een honkslag. Hij staat nu op het eerste honk. De tweede slagman haalt drie keer uit en mist; hij gaat uit op drieslag. Uit nummer één. De derde slagman slaat een lage bal naar de korte stop, die hem vangt en de bal naar jou bij het tweede honk gooit. Je vangt de bal en de loper op het eerste honk, die gedwongen is naar het tweede te lopen, is uit. Uit nummer twee. Zodra je de bal hebt gevangen, gooi je hem naar het eerste honk en daar gaat de loper (de slagman) ook uit: een dubbelspel. Uit nummer drie. Binnen enkele seconden worden uit twee en drie geregistreerd en is de tweede helft van de eerste inning voorbij. Dubbelspelen komen veel voor en zijn de belangrijkste verdedigende manoeuvres.

In de tweede inning sta je in de slagcirkel (een echte cirkel bij je dug-out waar je wacht tot het jouw beurt is om te slaan). Aangezien jouw team in de eerste inning acht slagmannen naar de plaat heeft gestuurd, begint slagman nummer negen aan de tweede inning. Jij, slagman nummer één, slaat na hem. Slagman nummer negen is altijd de werper, en werpers zijn slechte slagmannen. Maar op deze prachtige avond slaat je werper een bal door het midden over het tweede honk: een zeldzame honkslag.

Jij bent nu aan de beurt. Je zet je schrap op de thuisplaat en bereidt je voor op de worp. Laten we zeggen dat jij en deze werper elkaar al een paar jaar kennen en dat jullie geen goede ervaringen met elkaar hebben. Hij mag jou niet en de gevoelens zijn wederzijds. Hij heeft toch al een slechte avond, en om de een of andere reden (vaak is er geen geldige reden) besluit deze werper moeilijkheden te veroorzaken door een snelle bal opzettelijk naar het hoofd van de slagman te gooien. Hij begint aan zijn wind-up en vuurt de bal op je hoofd af. In de laatste fractie van een seconde kun je je wegdraaien en word je net niet op je hoofd geraakt. Je maakt je daar kwaad om en schreeuwt een paar lelijke woorden naar de werper, die daarop antwoordt, en algauw zegt de scheidsrechter tegen jullie beiden dat jullie je moeten inhouden. Ik vermeld deze snelle bal naar het hoofd alleen omdat hij voorkomt in het verhaal van *Vergiffenis*. In de meeste wedstrijden op professioneel niveau komt zo'n bal niet voor. Maar het is niet ongewoon dat een werper 'naar binnen' gooit, dicht naar de slagman toe, en daar kunnen verschillende strategische redenen voor zijn. Zo'n worp wordt vaak een *brushback* genoemd.

De telling is één wijd, nul slag. Je denkt nog aan de bal die op je hoofd was gericht, en de werper gooit een perfecte snelle bal in de 'buitenhoek' (de rand van de thuisplaat, amper dichtbij genoeg om de worp een slag te kunnen noemen). Eén wijd, één slag. Je denkt niet meer aan de bal die op je hoofd was gericht en concentreert je op het slaan. Bij de volgende worp sla je een foutbal. Eén wijd, twee slag. De volgende worp is een schoonheid en je mept hem in de opening tussen de linksvelder en de middenvelder. Je eigen werper, die op het eerste honk staat, scoort gemakkelijk en brengt de stand op 5-0. Je blijft bij het tweede honk staan. Je hebt een tweeslag gemaakt en ook nog een punt binnengeslagen. Een slagman met veel binnengeslagen punten op zijn naam kan op een lange, succesvolle carrière rekenen.

De volgende slagman, nummer twee van je team, slaat een hoge bal die in het foute gebied terechtkomt, waar hij door de derdehonkman wordt gevangen: uit. Zo'n hoge bal kan in het foute gebied worden gespeeld, een lage bal niet.

De volgende slagman slaat uit, zodat je op het honk gestrand bent en niet verder kunt. Je draaft weg, trekt je handschoen uit en neemt je verdedigende positie in. Omdat jouw helft van de inning voorbij is, mag je in de volgende inning niet naar het tweede honk terugkeren. De tegenpartij richt geen schade aan in de tweede helft van de tweede inning. Ze sturen drie slagmannen naar de plaat, maar die gaan alle drie uit.

(Maak je geen zorgen – in deze tekst laten we je niet een hele wedstrijd van negen innings doormaken.)

In de eerste helft van de derde inning komt de werper van de tegenpartij in nog meer moeilijkheden. Hij geeft twee slagmannen een vrije loop en geeft dan zelfs een tweehonkslag prijs. Het wordt duidelijk dat hij niet in vorm is en uit de wedstrijd moet worden gehaald. Het gebeurt niet vaak dat een werper alle negen innings, dus een complete wedstrijd, op de heuvel blijft staan. De coach mag blij zijn als de startende werper zes of zeven innings overleeft voordat er een invaller zijn plaats moet innemen. Een profteam bestaat uit vijfentwintig spelers en tien van hen zijn werpers. Vijf van die tien zijn startende werpers en vijf zijn invallers.

Het succes van een werper wordt gemeten in een winst-verliesverhouding. In elke wedstrijd zijn er een winnende en een verliezende werper. Een andere maatstaf van succes is het ERA van een werper, het *Earned Run Average*. Globaal gezien is dat het aantal punten dat een werper per wedstrijd toelaat.

Honkbal is een sport met eindeloos veel cijfers, maar daarvan zijn er maar een paar echt van belang. Voor een slagman zijn het zijn slaggemiddelde en zijn RBI (*Runs Batted In*, binnengeslagen punten). Voor een werper zijn het zijn winst-verliesverhouding en zijn ERA.

Een professioneel honkbalteam heeft een groep coaches: werp-, slag- en veldcoaches in het foute gebied bij het eerste en derde honk, en een dug-outcoach, om alleen nog maar de belangrijksten te noemen. De grote baas is de manager, een wijze en in de strijd geharde goeroe die de baas is in de dug-out, de cruciale beslissingen neemt, de strategie bepaalt en als eerste wordt ontslagen wanneer het team begint te verliezen. Om de een of andere reden dragen hij en zijn coaches dezelfde tenues als de spelers. Vaak is het een komisch gezicht wanneer die oude krijgers vergeefse pogingen doen er in strak polyester fit en jeugdig uit te zien. Na jaren van research heb ik er nog steeds geen bevredigende verklaring voor gevonden dat honkbalcoaches net zo gekleed zijn als hun spelers. Stel je eens een basketbalcoach voor (van middelbare leeftijd, klein en dik) die op sportschoenen, in een wijde, korte broek en met een mouwloos shirt langs de zijlijn loopt. Of een footballcoach compleet met padding en helm.

Maar ik dwaal af.

Terug naar de werper die in moeilijkheden verkeert. Hij is aan vervanging toe, en dus loopt de manager de dug-out uit. Hij vraagt om een time-out en loopt langzaam naar de werpheuvel. Intussen maken een paar invallers hun spieren los in het inwerpveldje, een afgesloten zone voorbij de muur van het buitenveld, waar de invalwerpers de tijd doorbrengen terwijl ze wachten tot ze worden ingezet. Omdat ze zich vaak vervelen, ontstaan in dat inwerpveldje veel ongepaste grappen uit de honkbalsport.

De manager geeft een invaller een teken dat hij in de wedstrijd moet komen. De startende werper loopt na zijn slechte start bij de heuvel vandaan en gaat naar de dug-out. Hij is klaar voor deze avond, kan niet meer aan de wedstrijd deelnemen en zal de komende drie of vier dagen niet werpen omdat hij zijn vermoeide arm rust moet geven. De invaller gaat op de werpheuvel staan, gooit een paar ballen bij wijze van warming-up en is toe aan de confrontatie met de volgende slagman.

Jouw team staat in de eerste helft van de derde inning met 7-0 voor, met een loper op het tweede honk en niemand uit. De startende werper van de tegenpartij is zojuist 'weggejaagd' of 'naar de douche gestuurd' – er zijn nog meer vernederende beschrijvingen, maar die kunnen hier niet worden afgedrukt. Met zo'n grote voorsprong zou je team de wedstrijd moeten winnen, en als het ongeveer zestig procent van zijn wedstrijden blijft winnen, komt het in aanmerking voor de *divisional play-offs* en behaalt het misschien zelfs het kampioenschap van de league om vervolgens door te stoten naar de World Series, de play-offs tussen de American en National League.

(Ja, we weten heel goed dat het grootste deel van de 'World' niet honkbalt. En we weigeren de andere honkballende landen bij echte, universele play-offs te betrekken. Zoals alles in het honkbal is het ingewikkeld.)

Ik heb je nu met zesduizend woorden van je eerste slagbeurt naar de World Series geleid. Hopelijk kun je nu naar een honkbalwedstrijd kijken en ongeveer begrijpen wat er gebeurt. Als je elke minuut en alle gecompliceerde aspecten van de wedstrijd wilt begrijpen, zou veel van het plezier voor je verloren gaan. Laat dat maar aan de spelers, coaches, managers, sportjournalisten en romanschrijvers over.

John Grisham